孤胆远行走南极

赵卓 著

中国文史出版社

图书在版编目（CIP）数据

孤胆远行走南极 / 赵卓著. —— 北京：中国文史出版社，2021.8

ISBN 978-7-5205-3144-3

Ⅰ.①孤… Ⅱ.①赵… Ⅲ.①游记—作品集—中国—当代 Ⅳ.① I267.4

中国版本图书馆 CIP 数据核字（2021）第 181807 号

责任编辑：金　硕　刘华夏

出版发行	中国文史出版社	
社　　址	北京市海淀区西八里庄路 69 号院　　邮编　100142	
电　　话	010-81136606　81136602　81136603　81136605（发行部）	
传　　真	010-81136655	
印　　装	阳谷毕升印务有限公司	
经　　销	全国新华书店	
开　　本	650×960　1/16	
印　　张	16.25	
字　　数	218 千字	
版　　次	2022 年 1 月北京第 1 版	
印　　次	2022 年 1 月第 1 次印刷	
定　　价	98.00 元	

一个有着朴实渴望并享受快乐生活的人，他谈到许多事情，真实地记录自己的想法，用世间最诚恳的文字讲述自己的感受。我从中看见了人性的光辉，最终决定出版这本书。

　　　　　　　　　　——【英】乔治·吉辛《认识每一朵盛开的花》

游览路线图

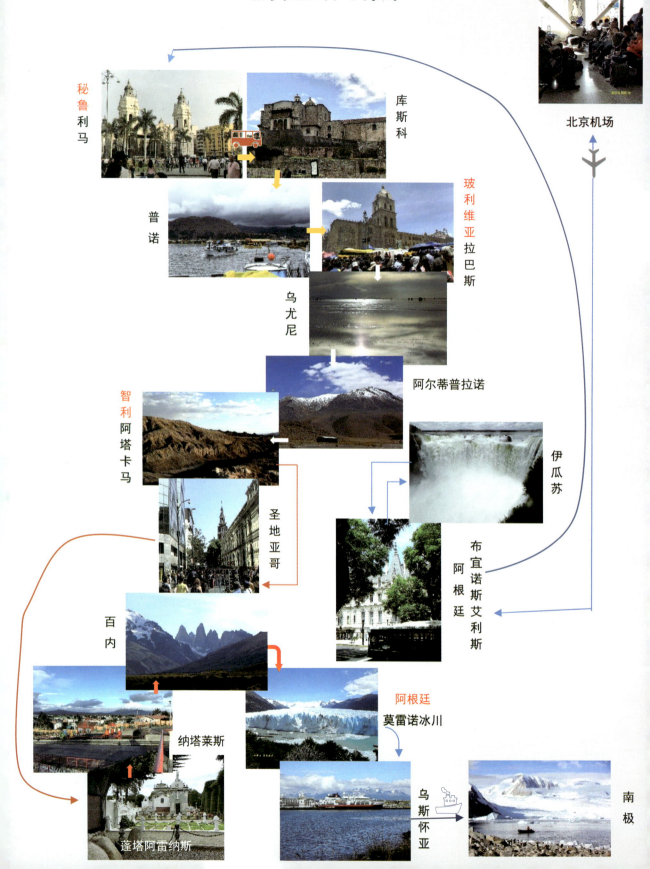

北京机场

秘鲁利马

库斯科

普诺

玻利维亚拉巴斯

乌尤尼

阿尔蒂普拉诺

智利阿塔卡马

伊瓜苏

圣地亚哥

布宜诺斯艾利斯阿根廷

百内

阿根廷莫雷诺冰川

纳塔莱斯

乌斯怀亚

南极

蓬塔阿雷纳斯

目 录

缘 起

　　南极，我思绪中遥不可及的地球尽头，生命难以涉足的冰封世界，从未想过可以去那里旅游。1985 年，中国南极长城站建立，逐渐开展了南极探险科考的航行。有记者和自然科学教师荣幸地随船历险，当时，我心里非常羡慕他们，并为自己既非记者亦非自然科学教师而深感绝望，心想，有生之年去南极是无望的了。

　　退休后，有时间有精力做自己喜欢的事情，开始学车、驾车境外自由旅行。一位退休老教师告诉我，可以去南极游，但价格很贵。由此，心中的死灰开始复燃，决心去南极走一遭。2018 年寒假，我校的骑行爱好者马老师，独自游南极，既经济又惬意，给我提供了很好的借鉴。于是，2019 年寒假，我毅然出行。

　　此次之所以选择自由行，是可以顺路游一下南美国家，免得一把年纪，经受多次往返近三十个小时的飞行之苦。因而，事先设定秘鲁、玻利维亚、智利、阿根廷四国加南极的旅游路线，做着一次性游历南美、南极的如意美梦。不通外语，不熟网络，不了解南美国情，只身孤行，其难险可想而知。出行前，风闻南美一些国家社会治安差，有感染地方病的风险。这样一来，出行便蒙上冒险色彩，心头笼罩着担忧的阴影。

　　也许是有备无患，也许是福星高照，近六十天的南美南极之行顺利而又愉快，收获满满。在微信朋友圈里晒观感、述娱情，共享"视觉盛宴"和"开心一刻"，得到亲友的鼓励和支持。为了不负师长、学友、亲人的建议，遂把朋友圈里的纪实图文整理成游记，印成纸质的图册，留作永久的纪念。

准备

　　去南极，最近便的出发点是南美洲的南端，可以从阿根廷的乌斯怀亚坐船过德雷克海峡，或者在智利蓬塔坐飞机过德雷克海峡，抵达南极半岛。因此，这两个南美国家是要去的。秘鲁的古迹特别有名，去南美，不能不去看世界新七大奇迹之一的马丘比丘。所以，秘鲁是南美之行的首选之地。骑行爱好者马老师提示我，玻利维亚的空中之镜非常有名，值得一看。好的，那就再加上这第四个国家。至于南美的旅游热点国家——巴西，我斟酌再三，决定放弃。理由有两个：一是最想看的亚马逊热带雨林不在经典旅游路线中，担心其旅游业不成熟不稳妥，还有一个著名的伊瓜苏瀑布，在阿根廷也能看到；二是巴西社会治安差得出名，只身前往怕不安全。

　　定下来南美四国之选，接下来就是查景点，设路线，做大量细致的功课。每年寒暑假出行，我都得用两三个月的时间做旅游攻略，做得越细越好。因为语言不通，玩网不灵，尽量在家里把准备做好，免得出门受窘。这次南美、南极之行的攻略，做得很艰难。不太了解南美情况；可供参考的资料有限；听说阿根廷的签证难办，不敢提前订机票和住宿。以前出行大都驾车游，这次一人独往，驾车不便；坐长途巴士，得查路线，查车次，查时间，难度很大。南极的行期和船票更是得苦苦求索。毕竟，功夫不负有心人。也是幸运，网上遇到了船票代理 Muyi，南极的问题解决了。南美四国的出行路线和时间也随之规划完毕，只等阿根廷的电子签证获准了。签证一下来，立即买机票，订住宿，备足所需，打好行李，勇敢出发……

① 启程

北京·布宜诺斯艾利斯·伊瓜苏·布宜诺斯艾利斯

①

北京·布宜诺斯艾利斯

出发（2020 年 1 月 9 日）

　　为等阿根廷的电子签证，经受了半个多月的失眠、焦虑，接着又疯狂地忙碌了一周，准备行程，今天终于仓促启程。

　　想到将要去地球的南端，真正的南天尽头，总有一种壮怀激烈、慷慨悲歌的豪情，一种壮士奔赴疆场、激昂澎湃的斗志。啊，好兴奋哪！我要为梦想搏一把！

　　看到**首都机场**候机厅墙上荷兰国宝米菲，手捧鲜花迎接乘客，一股吉祥的欣喜涌上心头。我属兔，米菲，给我力量吧。

 祝旅途愉快！愿您多给我们发照片啊😁
2020年1月9日 11:13

 一路平安，人生就是折腾
2020年1月9日 11:13

 赵姐又出发了，大家又有眼福了，祝赵姐旅游顺利快乐！佳作不断！
2020年1月9日 11:27

 一路平安。期待您的游记
2020年1月9日 11:31

 好期待👍
2020年1月9日 11:35

 钦佩，一路顺风，收获满满👍👍👍
2020年1月9日 11:57

 祝一切顺利！期待您的游记，跟你一起游南美！
2020年1月9日 11:58

 祝一路平安。坐等大片👍👍👍🌹🌹🌷🌷
2020年1月9日 12:27

 期待赵老师发自南美的旅游札记
2020年1月9日 14:11

 伟大的旅程！羡慕你！佩服你！祝你玩的愉快！
2020年1月9日 15:38

 祝旅途愉快！多发照片！
2020年1月9日 20:25

 太厉害了！🉑你的南极之行圆满顺利！
2020年1月9日 22:36

 一个人？胆肥了！！😁👍👍
2020年1月9日 23:04

 又出发了，真好！
2020年1月9日 23:30

 2020年的第一次出行，一定会开心快乐的！祝你旅途顺畅，饱眼福也饱口福🌸
2020年1月9日 21:59

阿姆斯特丹转机

　　从北京到阿姆斯特丹飞行 10 多个小时。登机挺顺利，服务也不错。要了个靠窗的座位，没承想，正在机翅膀正中，超乎寻常宽大的机翼在眼前展开大大的屏障，真正的是一翼障目，不见风光。后来发现机尾的舷窗没拉遮阳板，虽然玻璃脏了点，但可以随意拍照，不影响别人。于是就有了下面的片子。在俄罗斯上空，可以看到地面美丽洁净的冰凌图案，惊叹大自然的巧手会有如此高超美妙的精彩制作。

在荷兰上空，拍到夕照。等到降落在**阿姆斯特丹机场**时，则是雨雾蒙蒙，夜色晦暗了。

我将在这里待6个小时等待转机，然后再坐下一段14个小时的飞机！还好，可以记游记，贴照片，打发这漫长无聊的时段。

 好特别的景致！👍👍 　　2020年1月10日 08:05

 壮观的景色，你又出发了？又是自由行还是跟团游啊？太棒了 　　2020年1月10日 12:00

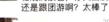 等着看你的游记！ 　　2020年1月10日 20:21

飞抵布宜诺斯艾利斯

在阿姆斯特丹机场等待转机的6个小时里，我孤身只影在空旷的候机大厅里游荡。坐了十多个小时的飞机，不能再坐着。看了十多个小时的手机和视频，眼睛已经模糊不清了。空耗时间，心有不忍，但又无奈。

好不容易熬到了登机，可以放心地打瞌睡、养精蓄锐了。这趟班机95%以上是外国人，同胞寥寥无几。幸运的是，我旁边座位上就是一位去布宜诺斯艾利斯工作的IT小伙，一路上聊天咨询，方便了许多。不过，挨着的外国乘客印象不佳。一个年龄和我相仿的老太太占着我的靠窗座位，她一路上睡着，直至天亮。无法拍日出，我只好跑到机尾，隔着极脏的玻璃拍了几张不理想的照片，留下遗憾。可是又有什么办法呢？她也是一个独行的老太太，应事能力好像还不及我。她时不时地捅捅我，要我帮她关闭屏幕。最后还找来空少，帮她找到掉在地上的助听器（我们实在听不懂她的话）。坐在前排的白人老头，把座椅放得低低的，我为此一直倾斜而坐，无法直身。看来，老外也不都是通情达理、善解人意的。咳，他比我老，将就一下吧。这14小时的飞机是最难受的，但也平安地度过了。

到了**布宜诺斯艾利斯**，入关，提行李，换比索，打出租，一切按计划进行，虽然语言不通，沟通不畅，但阿根廷人的服务态度很好，我得以顺利入住旅馆。旅馆订的四星，条件不错，性价比很高。高兴之余，立即上网，给亲友汇报情况。

 平安就好，旅途愉快！ 　　2020年1月10日 22:23

您真棒 　　2020年1月10日 22:23

 佩服您的勇气和胆量，了不起！ 　　2020年1月10日 22:29

②

阿根廷

布宜诺斯艾利斯·伊瓜苏·布宜诺斯艾利斯·利马

布宜诺斯艾利斯是阿根廷首都，拉丁美洲第二大城市，2017年被评为**世界最美国家的第三名**。在飞机上，看到该城少有摩天大楼鳞次栉比，反倒是低层建筑密密麻麻，连片成阵，密而有致，其高密度为见所未见。

从机场进城，沿途绿树清新，绿意盎然。建筑则比较陈旧，有残损、剥落的现象。为什么不修缮呢，贴贴皮，涂涂色，提高GDP，又多了就业机会，何乐不为呢？也许是经济不景气，顾不上？

城中心区，欧式建筑密集，虽无现代的摩登，但有悠远沉实、厚重气派的气质。楼宇之间狭窄的道路密如蛛网，把城区的繁华搞成步行者的迷宫，任游客行人络绎不绝，穿梭不息。这情景极像当年王府井西单商业街的热闹繁华，丝毫不见不景气的迹象。

我落脚在中心区，观景散步十分便利。一下午步行十几公里，把两个半天的任务一次完成。虽然也有随人流进商店的念头，但真正感兴趣的还是有意味的景象。

我看到一家人摆地摊，以手工编织赚钱。手艺不错，可要以此养活全家，恐怕有点难。然而他们整洁的穿着和闲静的神态告诉我：担心是多余的。

一个衣着简朴的老人，坐在布宜诺斯艾利斯主教座堂的罗马大柱子旁，专心致志地喂着一群群的鸽子。其动作迟缓，已然垂垂老矣，但怜爱动物的善举格外感人。

僻静的街巷路边，白墙上一幅身着民族服装的美女背影的涂鸦，素雅精美，特色鲜明，好看！碰巧路过两位女士，一并纳入框内，形成有趣的对照。

 拍照质量相当好，领略了南美阿根廷的风情，难得一见！尽量细致的解说，够得上专业的导游啦！
2020年1月12日 22:56

浓浓的异国情调 👍 2020年1月12日 08:53

总统府

主教座堂

圣马丁广场，以阿根廷解放者圣马丁将军命名，广场中间矗立着将军的塑像。来访的外国元首和递交国书的大使，都要向圣马丁将军纪念碑献花圈。广场周边新老建筑和谐共处，是为特色。该广场是布市最美的广场，其中心处一棵板根巨大、树冠遮天的老树，令人叹为观止。

方尖碑，为庆祝布市建立400周年而建，碑高近70米，笔立高耸，赫然醒目，是布市的标志性纪念碑。它坐落在非常著名的、世界最宽的七九大道上。

七九大道，宽130多米，南北向贯穿布市，为纪念阿根廷独立日而得名。我站在中间的候车棚里，大致数了一下，汽车、公交车共有14条车道之多！真正是车流汹涌，气势磅礴！横穿这条大道，要等四五个红绿灯，十几分钟走不过来。

走完这三角形的两个点，接着去另一个点的五月广场。广场不算大，相当于我国天安门广场的政治核心区。周边有历届总统粉刷玫瑰色、亦被称为"玫瑰宫"的**总统府**。有气势宏大，建造奢华，具有罗马雄风的**布宜诺斯艾利斯主教座堂**。这个教堂大门左侧的墙壁上，一支火炬在燃烧着。这样的设置还是第一次看到，不解其意。网上有一种说法，是1950年为纪念民族英雄圣马丁将军逝世一百周年，特意在他葬于此教堂的纪念碑前点燃的。

广场外围有一座世界著名的**科隆剧院**，建于1908年，曾跻身于世界顶尖歌剧院。它是布市的建筑楷模，其细节精致而总架构恢宏大气，的确不错。

方尖碑

科隆剧院

足球场馆

走完周边三角区域的著名景观，时间尚早，体力尚可，于是决定去5公里之外的**博卡区**。虽然有点远，可都说值得一看，那就看它一眼吧。

博卡区曾是阿根廷的老港口，工人、水手、欧洲移民聚居的老街区。其经济偏弱，街道建筑不太讲究，但色彩艳丽。街道两旁的建筑"粉刷成地区代表性的颜色"，红黄蓝三色大块拼合，激情跳跃，浓艳夺目，装饰得整条街色彩斑斓，风情荡漾。

经济不宽裕，住房很一般，却舍得盖一个宏大而醒目的足球场馆，作为阿根廷足球俱乐部博卡青年队的主场，足见人们对足球狂热地喜爱。

还有一个更让人惊叹的是探戈舞的风行。据说，这里是探戈舞的起源地，大概与曾经的水手和色情舞女疯狂活跃有关。博卡区的老街名为探戈街，除了热闹红火的露天街饮，就是丰富多样的路边美展，号称"步行街道博物馆"。而美展70%～80%的主题都是探戈！不同风格，各种造型，但同一内容，不禁让人好生好奇，这是怎样一种律动的生活、奔放的人生呀！其建筑街区浓艳明快的色彩都仿佛应和着这种热情欢快、节奏分明、活力激荡的风尚取向。

博卡区太有特色了，各种景观让人惊奇不已。不过，据说南美这样的地方都不安全，我不敢久留，走了一段老街，就赶紧返回了。

用嘴作画的街头艺人

色彩艳丽
风情荡漾

跟随你的足迹一起欣赏。　　1月12日 21:03

我们跟着你旅游　　1月13日 00:08

飞抵伊瓜苏（1月11日）

　　昨天超额完成任务，今天得闲，只等晚上的航班去**伊瓜苏**看大瀑布。有闲，能干事，也能误事。把索尼相机传片给手机的App终于搞定，虽然直至成功也还是糊涂着。

　　问前台得知，没有去机场的班车，有一公交巴士直达。路线清晰简单，时间尚早，就乘它了。拖着行李箱走了很长一段路，突然发现自己南辕北辙了。是否北半球的方向辨别与南半球正相反（嘻嘻）？费尽了周折，找到另一条公交巴士，可惜不能上车买票，结果，还是打车去了机场。想来好笑，把自己折腾一通，时间都消磨掉了。

　　到伊瓜苏，时已过晚，天降小雨，漆黑一团。幸好约了接站的司机，得以顺利踏实入住，只是司机比原定的多收了200比索。旅店实则是民宿，女老板挺热情，但住宿条件不理想。一个经验教训是最好不选择民宿。

花絮 1// 语言不通的尴尬

　　刚到布市，在机场打车，引导员把我领到出租车前，说了一大堆话，听不懂。赶紧拿翻译软件，对方着急而又无奈地摆手而去。是要小费吗？不会吧，就带我走几十米的路，不至于吧。上车后，司机几次欲言又止，摇了摇头。我问，他不懂，他说，我不懂。看到他华发谢顶，我试探着问他多大年纪了，他还是不懂，看来，俺俩算是彻底的鸡与鸭对话啦。老司机在等灯时，忽然整理起头发来，把周边不多的头发梳理得一丝不乱，显得精神而又干练，年轻了许多。到旅馆，看我听不懂他的指路，干脆跳下车，把我带到门前。好人一个呀，我却无法理解他的需求，心生歉意。

　　入住民宿，有好多事，请女老板帮忙，虽然开价偏高，图省事也就认了。说好出游回来时打电话来车接我，可是，中间出了个好心人却办砸了事。原定是在公交车站等，中间人帮我打电话后，告诉我去加油站等。一个是Bus Station，一个是Gas Station，一音之差，害得我等了一个多小时，还被打了3次超长电话（当地人帮我打）。结果，步行十几分钟的路，用了一个多小时，还付了500比索的车钱（因为女房主说她开车到处找了）。这就是语言不通的遭遇。

 2020年1月13日 17:04
出门在外，不容易啊！

 2020年1月13日 18:44
算是有趣的小插曲😳

 2020年1月13日 23:19
太需要勇气了

2020年1月13日 19:47
赵卓，看来这次是一人独行，虽偶有不顺，但生活本来就是如此。遥祝一路顺风！文章多了些烟火气，颇耐看。视觉盛宴开始了，精彩继续！

2020年1月13日 19:14
赵老师很勇敢，有魄力，佩服佩服！👍

 2020年1月14日 13:12
独行侠语言不通闯南美，胆气可嘉。"纸上得来终觉浅，绝知此事当躬行"。艰苦旅程不仅更深入民间，获得人无我有的体验，而且得来的影像与印象也倍觉珍贵。那是人生的财富。不过，还得安全第一。坏人并不贴标志。

2020年1月13日 20:23
丰富的人生经历太有意义了！

7

花絮 2// 探戈

　　布市的 7 月 9 日大道、主教座堂、大板根树，过目难忘。但让我印象最深刻的是该地的探戈文化。没去看表演，也没遇到广场舞，只是坐出租车就有新鲜奇特的体验。两次乘车都是老司机，都放着探戈舞风的音乐，不仅司机驾驶带着探戈节奏的舞动，就连我这个乘客都想闻声起舞，蠢蠢欲动。路上等红绿灯时，一个慢车道上骑行的小伙子，竟也拍打着车把，奏着探戈舞步的节律，等待过路口。他离我的车挺远的，可我们的音乐律动却出奇的一致，好像我们在同听一曲，同舞一步，好有意味的感觉哟……

花絮 3// 惊魂一刻

　　哈，放心，这里没有惊悚悬疑的故事，记录的是我的感觉。

　　飞行三十多个小时后，地面上进入第一个梦乡。夜半，手机突然响起，呼唤着我的名字，好像是旅馆叫早。翻身跳起，拿起手机一片茫然。时间显示是上午 12 点，使劲揉揉眼睛，没错，上午 12 点！掀开窗帘，外面漆黑，难道这里的时间零点就是上午 12 点？！在世界时钟里特意找出布宜诺斯艾利斯的时间，竟然就是上午 12 点，和北京时间一样！仔细一看，下面一行小字"-11 个小时"。晕菜了，哪出问题了？在屋子里团团乱转，又担心又没辙。良久，才自劝自安地想，大概是国内订票网站提供的"提醒"发威，叫醒了我，让我按北京时间处理问题吧，于是忐忑不安地回到床上继续睡眠。

　　第二夜，住伊瓜苏民宿。时间已近午夜，跟女房东商量好明天的事情，就打算洗漱休息。这时，一寸长的大蟑螂明目张胆在地上逡巡！不敢踩它，又不能放过它。硬着头皮揪着心把它踩扁，马上开始装箱封箱，避免别的虫子钻进箱子。回头一看，踩扁的蟑螂竟然又爬了起来，啊，太恐怖了！拿来厕纸，蒙在蟑螂身上，再踏上重重的一脚，心中默祷：安息吧……一夜都睡得不踏实。晨起，看到地上的蟑螂居然又从纸下爬出半米远！天哪，这是虫子吗！

　　第三晚在机场挨过，第四晚住进条件很好的旅馆。心想可以睡个好觉了吧。谁知半夜手机铃声又响起，懵懵懂懂又进入莫名的紧张时刻。看着这不知何人的手机号码，陷入苦苦思索之中……又是半夜！悬疑时刻，悬疑处境，我是该睡还是该起？没有答案，只能睡睡起起，直到天蒙蒙亮。

　　2020 年 1 月 16 日 09:42

听　　说你只身去南美，以你的年龄和身体情况，闯南极，使我惊异，引起极大关注！我喜欢看朋友圈里发的游记。前两年　　游俄罗斯，每天发一篇游记，我就每天都等看。我去过前苏联，有旧地重游之感，他除了写景物特点，还注意写出各处的历史沿革，使我涨了知识！南美，特别是南极，总给人以神秘感，所以特别引起兴趣。你写的果然好！我领略了南美的风光。点赞，是赞赏，是敬意！是对远行者精神上的后援！祝你圆满完成南美之旅！

　　2020 年 1 月 15 日 18:19
那个大蟑螂生命力太强了，挺可怕的！

　　2020 年 1 月 15 日 20:41
蟑螂不分国界，惊悚！

　　2020 年 1 月 15 日 09:18
确定是没用的电话，就拉黑他，省得打扰睡觉。

伊瓜苏瀑布

——世界三大瀑布之一

伊瓜苏瀑布（1月12日）

伊瓜苏瀑布，与北美的尼亚加拉瀑布、非洲的维多利亚瀑布并称世界三大瀑布，是世界自然遗产。水量充沛的伊瓜苏河，流到阿根廷与巴西交界的大峡谷，突然凌空落下，形成落差80多米、气势恢宏的马蹄形瀑布。峡谷狭长，伊瓜苏河水沿峡谷奔泻而下，被峡谷岩石分隔成270多条大大小小的瀑布，绵延4公里，堪称世界上最宽的瀑布。

参观游览伊瓜苏大瀑布，可走阿根廷，也可走巴西。阿根廷方面可以多条路线，上下远近，立体观看。巴西方面能观看阿根廷一侧大瀑布的全景。有人办两国签证，两面都走。我只能走阿根廷。

伊瓜苏瀑布因负有盛名，游客极多。数辆小火车满载游客，往返穿梭；栈桥上人流潮涌，摩肩接踵。

公园里有红蓝黄绿四条观赏路线。

黄线的魔鬼区域，是水面宽阔、水流湍急的伊瓜苏河突遇峡谷、轰然坠落的地方。万洪倾泻，"喷雪轰雷"，惊心动魄。在这里，接受了瀑布的洗礼。瀑布溅起的水雾如天降飞雨，瞬间就会打湿衣裳。穿上防雨冲锋衣，给背包罩上防水套，暗自窃笑：这是南极乘登陆艇的预演哪。

万洪倾泻
喷雪轰雷

瀑布高垂，水花飞溅，声震耳鼓，雨雾弥漫，这是怎样一个震撼心灵的场景啊！游人们凭栏观赏，引颈探望，不避风雨，凝神矗立，久久不舍离去，仿佛站成了一尊尊沐浴飞瀑、融身水雾的化石。得不到拍景的位置，等不到凭栏的机会，心里有点急，可是谁又能怨这些痴迷观景、忘我沉醉的游客呢？

在**蓝线**上，可以平视和远观瀑布。齐齐的断崖上，数百条瀑布"飞流直下"，如同无数条白练自天垂落，太壮观、太美妙了！若干个二级瀑布，流量汇聚，落水加速，激起水面滚动升腾的水雾，烘托得众"白练"排山倒海、气势磅礴。

取局部小景，极像我国古典的工笔山水画，有种似曾相识的眼缘和亲近感。

公园有坐船冲瀑布的游乐项目。目睹载客的游船一次次冲向大瀑布倾泻而下的底部深潭，一次次钻进浪花汹涌、水雾冲天的险境之时，仿佛亲身感受到一种刺激，一种畅快，一种搏击的兴奋，一种进取的慷慨，这也是一种人生境界的缩影吧。

红线向上，走瀑布的上端。可以看到远处的瀑布，看到下面游客的身影。在这条线路上，看彩虹，观水帘，目送流水欢歌向前，跳跃而下，于是又有了一个宁静轻盈的审美情怀。

 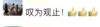 2020年1月15日 05:51
叹为观止！👍👍👍

 2020年1月15日 05:53
赵老师此行充满了惊险与刺激👍

  2020年1月15日 06:14
谢谢你的辛勤劳作，让我们大开眼界

 2020年1月15日 06:36
壮观！👍

2020年1月15日 11:16
比尼亚加拉瀑布更好看👍👍👍

  2020年1月15日 12:34
真漂亮😊😊😊

2020年1月15日 12:53
哇！很壮观！👍👍

 2020年1月15日 13:32
壮观👍👍👍👍

  2020年1月15日 13:47
太壮观！解说使人感到如临其境！

大瀑布公园里多动物。最多见的是果子狸。它们一伙一帮，在游客腿旁和行李间穿行，有时扒着游客的行囊，讨要东西。据说它们貌似可爱，但容易伤人，人们大都拒斥它们。其次是多猴。猴，白脸长尾，活泼好动。对游客的围观不躲避，也不理睬，在路边，在游客身边，径自走栏杆，玩路牌，旁若无人，自在逍遥。还有漂亮的鸟。可惜镜头不够长，也没有时间等，没拍到理想的好片。有它们，公园里添活力，有乐趣。

大瀑布公园极热，好像身处桑拿房，汗如雨下。并没有泳区，有些人却穿得近于泳装，男人赤膊，女人戴胸罩，从未见西方人在大公园里如此不讲究。噢，想起来了，他们可能是冲瀑布时打湿了衣服吧。园里有分散的淋浴和水龙头，供游人消暑祛热。其实，穿着衣服的也大都湿透了，因此有人干脆穿衣淋浴，以求痛快。我忍到回民宿，立即洗澡更衣，不然，飞机上会很尴尬的。

今晚我将坐23:55的航班飞往布宜诺斯艾利斯，在那转机，飞往秘鲁首都利马。

在大瀑布国家公园转了一天，回来找班车、联系民宿老板，费尽了周折。语言不通，经验不足，损失不小。不过，没关系，不误事就好。

利马

库斯科

纳斯卡

圣谷

马丘比丘

普诺

游秘鲁

利马·纳斯卡·库斯科·圣谷·马丘比丘·普诺·拉巴斯

　　秘鲁，位于南美洲西部。据资料说，秘鲁曾经孕育了美洲最早人类文明之一的小北史前文明，缔造了前哥伦布时期美洲的最大国家——印加帝国。秘鲁有著名的马丘比丘遗址、亚马逊河丛林、安第斯高原、的的喀喀湖等丰富的旅游资源，其十大旅游景点中就有八处世界遗产，是世界上最具观光价值的国家之一。因此，去南美，我首选秘鲁。

　　去南美的某些国家，需要出示打黄热病等传染病预防疫苗的小黄本。我因年龄过线，北京的防疫站不给打。买了一盒防蚊药，领了一张宣传单，心里蒙上了阴影，立刻断了去亚马逊河丛林的念头。不过，后来遇到的广东两位美女教师，去雨林安然无恙。看来，做好准备，可以一试。

买机票时失误，把 13 日晚上的票订成了早上的航班，两个班次重叠了。为了减少损失，争取时间，把便宜点的机票作废，重新买。取消一夜的住宿，在机场过夜候机。这样就理顺了。13 日凌晨两点飞到布宜诺斯艾利斯，坐机场巴士换到国际机场，踏踏实实等到早上 7:50 飞往利马的航班起飞。

朝阳升起的时候，我们登机。办托运取票时，我要求靠窗，躲开机翼。工作人员看我突然流利地说出请求，十分诧异，刚才还是一句也说不出呢。我自己也奇怪，怎么就无师自通地表达出来了。于是，第一次如愿得到了理想的座位。但座位好了，窗玻璃又不行。取景时得想方设法躲开这密密麻麻的黑道道。

一路上，看到了清晰壮观的景致，非常开心。所有的磨难，所有的损失都一笔勾销，只要看到美景，一切都值得！

从布宜诺斯艾利斯飞往利马，经过纵贯的安第斯山脉。我坐飞机舷窗旁，有幸俯瞰这绵延九千公里、雄伟壮丽的山野景色。

天气晴好，大气透明度很高。白云朵朵，或散或聚，似波纹，似飘带，似繁花绽放。点缀蓝天，把碧空烘托得浩瀚缥缈；装饰大地，把荒原打扮得生动俊俏。望着变幻的云彩，想象着云神在湛蓝的天幕上挥毫作画，让一碧如洗的天空有了纹路，有了图案，有了内容，有了看头。所以，我把此时此刻天空的云彩称为——天之纹。

精美宏大的山野画卷

更迷人的是大地。山峦大漠，河流湖泊，想不到，竟可以这样的美丽妖娆。啊，大自然之神真是多才多艺，创造出如此丰富多彩的地形地貌，绘制出如此精美宏大的山野画卷！

巍峨嶙峋的山峦，蜿蜒伸展的河道，交织纵横，巧绘出奇异壮观的地画。湖水似蓝镜，盐碱似白雪，沙漠平展，山丘圆浑，这一切组合搭配，竟是如此绚丽迷人的景象。太惊奇啦！

一路航拍，欣喜若狂。在朋友圈里，一口气发了七组《地之理》图片，倾诉自己抑制不住的快乐。

山脊如塑

碱滩如绘

地面，**山脊如塑，碱滩如绘，沟壑如织**……看哪儿都是一幅画。

看到一处圆顶里多孔，不知是不是火山口，安第斯山脉多火山，有世界海拔最高的活火山和死火山。

还有人工开采的露天矿，矿坑和矿区建设清晰可见。安第斯山脉的铜矿储量为世界之最，其最大的地下采矿场，深达1200米，长2000公里，在秘鲁南部到智利中部。这规模，够震撼的！这里会不会是地下采矿场的入口处呢？

2020年1月17日13:31

壮观

2020年1月17日13:

天之纹、地之理，文采飞扬

2020年1月17日14:36

大自然的鬼斧神工👍

2020年1月17日18:01

这"天之纹，地之理"拍的好！👍👍👍

2020年1月18日12:34

好漂亮🤩

火山口

矿区

在利马（1月13～14日）

中午落地机场，为换秘鲁索尔耽搁了好一会儿。机场里换汇的地方很简陋，三四平方米的小隔断里，挤坐着五六个人，人人都闲散得不像干活的样子。这里汇率低，还扣手续费、税等，让人觉得此非正规军，有点像占山圈地的主儿。在机场问询处得知，美元兑秘鲁索尔是1∶3.4，而机场兑换少了3个点，加上扣费、扣税，换汇就亏多了。

飞机降落前，在空中看到利马市容黄糊糊、灰蒙蒙的，好像落着一层尘土，毫无大都市的气概和样貌。后来查网得知，利马几乎常年无雨，被称为"**无雨之都**"。虽濒海却又被沙漠包围着，或亦可称之为"沙漠之都"吧。

落脚在市中心，选择三星级的旅店，感觉好一些。

住进旅店，先洗伊瓜苏瀑布换下的衣服，之后也不想补觉，索性出去看看景点。

出旅店右转，是一条**繁华的步行街**，商店、银行、教堂、饭店一家挨着一家。街上卖艺、乞讨、推销的人挺多。推销的特别缠人，有包围、连攻、拿下的阵势。乞讨有伸手要的，有手拿东西强卖的。我这样的老外，好像是他们共同的强攻对象，乞讨的妇女甚至做出威胁的动作。嗯，有点乱，有点不安全。但也不必太紧张，这毕竟是首都中心的热闹区域。

有一对盲人夫妇自带扩音器轮流卖唱，唱得很好听，但没有捧场者。一对中年男女傍晚跳着摇摆舞，却有围

观的群众。这情景看着特眼熟，像是我国20世纪90年代社会生态的翻版。不知相隔甚远的两个国家，怎么会有某种时空交错的复制或者吻合。

住地很方便，一会儿工夫就把**武器广场**逛遍了。南美各国都把政治中心广场名之曰武器广场，周遭有大教堂、总统府、市政中心等重要建筑。利马武器广场不算大，建筑大都建造于西班牙殖民时期，欧式风格，气魄宏大。

广场东侧的**圣法兰西斯修道院**，建于17世纪，双塔钟楼耸立，中间正门的雕塑精美大气。这个修道院的地下墓穴非常有名，可惜现在装修，无法进去参观地下墓穴独特的设计和白骨装饰了。沿着修道院的外墙散步，观赏这座古老恢宏的建筑，感觉其规模似有200～300米见方，侧门、后门及门上的雕塑也同样大气精美，令人由此猜测里面的布置一定相当可观。

世界遗产

总统府

沿着北侧的**总统府**外墙散步，规模之大，与修道院同感。西侧的棕黄色建筑，看徽章标志，大概是国会和市政机构，建筑很有特色。走在通往圣马丁广场的步行街上，遇到一座橙红色的**教堂**（Church la Merced），正门雕塑，精巧繁复，古色古香。这个教堂门楣上方主塑的是披长袍、戴皇冠的圣母像，不知教堂的橙红色外墙是否与圣母有关？

利马曾是西班牙总督的驻地，是南美被殖民统治时期的行政、宗教、文化中心，其历史蕴含颇为厚重。上述著名的历史遗迹，使之进入了**世界遗产名录**。

 2020年1月19日 06:07
不同音乐的街头舞和貌似繁忙的服装店让我们接上了秘鲁的地气。
各等建筑物依然是大气庄重的欧洲表情。

在**利马**住两晚，以缓解伊瓜苏以来奔波劳顿之苦。这里给 Hotel Diamond Lima 点赞，这个旅馆不仅位置好，住得好，吃得好，其服务更好。餐厅年轻的服务员笑容可掬地询问、操作、上餐，非常殷勤周到，让人倍感舒心。中年的前台更让人感动，帮我联系工行，查问境外扣款一个多小时（手机打不通）；帮我网订去纳斯卡的城际巴士车票半个多小时；然后，陪着我去换汇，既当向导又当保镖，感动得我不知如何是好。这是伊瓜苏小坎坷之后的大逆转，有这样的好心人帮忙，旅程一定会顺利起来的。

由此获得一个重要的经验，像我这样语言不通的独行者，应该首选好的饭店旅馆。有前台帮忙，办事顺畅，还不会被"黑"。

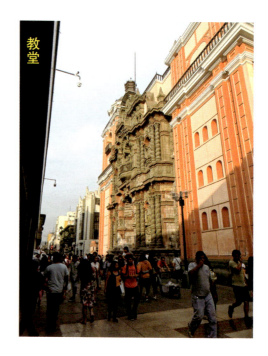
教堂

前往纳斯卡（1月15日）

先讲一段"**太窘**"。

昨天旅馆前台帮我订票、换汇，一切进行得非常顺利。今早起来，吃了旅馆备的简单早餐，坐上前台叫的出租车去汽车站，准备前往纳斯卡。一切按既定安排进行，好像非常顺利。然而，出租车竟把我送到了一家诊所。没有 Wi-Fi，移动漫游没有信号，和接诊前台折腾了半天，终于弄明白出租司机搞错了地方。离发车只有 40 分钟了（巴士提前半小时办手续），我急得不行，催请前台帮我叫车。上第二辆出租车，我想明白了，必须让司机看清楚我的车票的站址，争取快到。接诊前台和司机看到我着急的样子，非常帮忙，终于提前半小时赶到了车站。而我，惊魂未定，思绪混乱，极力想弄清楚哪出错了。接着，巴士又晚点了 40 分钟。诸事不顺，搞得我神不守舍，一整天都心慌意乱。最后想明白了，还是自己大意，以为前台打车告诉司机目的地了，我语言不通，只说去纳斯卡，搞不懂司机怎么就认为我要去诊所？

心乱归心乱，观景还是要继续的。秘鲁的长途巴士不错，座椅宽敞，有便餐，饮料，有厕所，条件类似于廉价飞机。巴士双层，上层相当于经济舱，下层近于商务舱。我是中等票价，坐在上层前面。视野很好，观察便利。窗玻璃上贴的巴士公司车标，有图腾的味道，很别致。

在**利马**街头，早餐的街摊随处可见，人们纷纷打包带走，匆匆忙忙的样子。塑料袋装食品，塑料盒装饮品。卖者手抓不讲究，食者泰然不在乎，忙忙活活，火得不行，让我的思绪又回到了 20 世纪 90 年代。

出了利马，沿路许多半成品的建筑成一奇特景观，几乎所有的在建房子都裸露着立柱的钢筋，齐刷刷、密匝匝地直立着。更奇特的是，盖好一层就入住，而且只刷这一层正面的门脸，其他都毛坯着。不管是闹市区还是远郊区，半成品的建筑驳杂凌乱，有碍观瞻。但细想，它实用。管他二层三层何时完工，先用上，慢慢来。这不是一地一处的现象，沿途几乎不断。或许，这是秘鲁的建筑习惯和节奏。当看到许多建筑在钢筋上面套上塑料瓶子，不禁猜想，这大概是有心人的做法，继续开工尚无定日，遥遥无期，索性给钢筋戴上防雨的帽子。

风俗习尚

2020年1月19日 21:32
别有一番滋味的旅游。

赵卓　　　　　　　2020年1月19日 19:36
回复 ____：闯荡本身就是一种刺激性的乐趣，烦恼是重口味，刺激性强，也值得品味思考，是吧，老弟😎😬

赵卓　　　　　　　2020年1月19日 19:40
回复 ____：是一番经历吧。南美的所见所闻，充满新鲜感和好奇心，再加上独行，更多机会细细体会哈

赵卓　　　　　　　2020年1月20日 00:33
回复 ____：是的，非常丰富的体验和经历！有烦恼，也有收获。我越来越顺地安排行程了，这也得力于旅馆的热心服务😊

途中遇路边的小饭馆，司乘人员停车在这买饭，他们不吃车餐（乘客只有一个面包一杯饮料），估计小饭馆更实惠好吃。真想跟他们一起尝尝。还看到一处墙墓。咱们国家现在开始提倡，而秘鲁已经走在前面了。

走出利马，基本上是**沙漠荒野**，很长地段寸草不生，荒凉至极。偶有萎靡的绿植出现，可以想见人们治理沙漠的努力，但改变不了沙漠的荒凉。难怪飞机上看利马，昏黄一片呢。边走边拍路边景象，心想，如此荒凉的不毛之地，怎么生存呢？

前段车程走沿海高速，后段走内地，路窄车多，蜗牛般爬行，景色依然荒凉。快到纳斯卡时，翻山走了一段更荒凉的路，让我想起新疆的干沟，比那还恐怖，因为荒凉得乏味、丑陋，不忍久看！翻过这座山，看见一片片绿地，开始有了生机，终于可以放松地喘口气了。

秘鲁的长途巴士不太守时，我们的车晚40分钟发车，晚两个多小时到达。我的出行计划是14:00到达纳斯卡，坐出租车半小时去小机场，飞行半小时，看世界闻名的**荒原地画**，然后到汽车站坐晚上9:00的大巴去库斯科。这是按照网上旅友的路线安排的。可是今天的大巴耽误了时间。虽然堵在门口拉生意的人都说来得及看地画，但时间已晚，不敢冒险。问及售票人员，那些人的话可信吗，答者摇头，我终于下决心放弃看地画。虽然来纳斯卡就为了此举，但事不遂愿，也无可奈何。

找了一家中国饭店，想安抚安抚中国胃，然而，根本没有中国菜。汽车站附近好几家中国餐馆，据说都不是中国菜，搞不懂为什么打着莫须有的招牌，店主人没回答我。点了一份鸡肉沙拉，再要份米饭，菜谱是中餐的，菜品可全不是中国味。将就着吃吧，果腹要紧。还好，饭后在这家饭店上网等车，老板非常照顾。

坐长途巴士，行程都超过八九十个小时，沿路观景，有趣不累，很值！

　　昨晚，在纳斯卡巴士车站，直接买好了去库斯科的票，这回享受一下"商务舱"啦。车又是晚点近 1 小时。上车，我的座位被一个面相可怕、低头看手机的老年男性占着。他嘴斜眼歪，脸上贴着纱布条，露脸的地方一片伤痕样的红，让人不敢直视。见他一直不理我，只好直接招呼他。他回应着，把他座位上的东西拿开，让我坐下。我没跟他较真儿，悄悄入座，保持车厢内睡眠的安静。

　　今天凌晨，早醒，天还没亮，躺在座位上无所事事。邻座清晨起夜，客气地打招呼。他似乎不凶也不坏，很想聊天。

　　当车窗外晨景迷人的时候，我实在抑制不住，举起手机隔着他抓拍。他躲让镜头，并主动把座位调换过来，还一个劲儿地 OK 赞许。随后，他在昏暗的灯光下看一本厚厚的、字小小的书，不在意我的歉意，反而处处照顾只顾拍照的我。这是一个心善的好人。

　　行程已经十五六个小时了，实在无聊，他用手机拍照，然后"吃吃"地笑个不停。给我看，原来是他脸部的自拍，他大概也为自己的尊容感到意外和可笑吧。他的善意让人不再怕他，讨厌他，反而觉得漫长旅途，有这个**"巴黎圣母院敲钟人"的邻座**，倒也感到淡淡的温暖。为此，我得以放任抓拍，虽然可取的片子并不多，但脑海里装得满满的美丽的画面，欣喜不已。

　　从死气沉沉的荒漠到生机盎然的绿洲，沉闷的心灵得以复苏。饱饮甘霖似的大自然的馈赠，让我沉浸在每一过目的美景之中。这跟前一天的景致比起来，是不是两个世界，两个天地？刚从荒漠跋涉过来的人，见绿洲，怎能不活力充沛、生命跃动呢？！

路遇

2020年1月20日 08:17
你也太有才了！又旅游又写作，文笔还那么好，回来整理一下出本书吧！

1月20日 09:19
我突然觉得自己再看一部待续的长篇小说，里边的图片吸引着我，不由伸出拇指为外甥女点个赞，👍👍👍

 2020年1月20日 10:23
很有意思的旅游随记👍

 2020年1月20日 13:35
听你的路途上的故事

2020年1月20日 14:17
"艳遇"

 2020年1月20日 19:25
山顶云雾缭绕。

 2020年1月20日 22:51
唠叨吧！我们好与你同行🐧🐧

 2020年1月22日 02:06

回复赵卓: 喜欢大姐的文字🙆

 2020年1月20日 08:37
真的很美，不虚辛劳的此行，谢谢和您享受一路的美景！👍🌷

2020年1月20日 08:40
看得使人身临其境，给你点赞。👍👍👍

 赵卓 2020年1月20日 08:43
回复　　　：你喜欢，我就高兴，愿美景滋润所有爱美的心❤️❤️❤️

圣

谷

圣谷是安第斯山脉中乌鲁班巴河的河谷。从库斯科去马
丘比丘，正好走这条圣谷，而且还能看沿途的著名景点，
参团游可谓一举两得，是最佳的旅游路线。

昨天入住旅店，就请前台帮忙订前往马丘比丘的车票、门票。前台想让我跟团一日游，而我已订好热水镇的住宿，而且我也不想匆匆来去，玩得不爽。前台虽然不高兴，但还是按我的计划帮我安排好了全部行程。操作颇费事，前台也还认真负责，搞了一两个小时，终于完工。我真心地感谢他的帮助，付了双倍的小费。

按照网上旅友提供的经验，我参加了圣谷一日游的团。清晨 7:00 坐上旅行团的小巴，导游吉米带团出游。

清晨的**库斯科**安宁而又清洁，古旧沧桑的教堂，起伏清静的街道，卖早点的餐车，卖菜的地摊……洋溢着这座印加帝国古都沉静而又悠远的韵味。从昨天进入这片绿色的山野，我就有好感，今晨坐车观光，更加喜欢这个高原上的古城。

世界遗产

库斯科是著名古城，于 1200 年前后定为古印加帝国首都，是古印加文化的摇篮，被誉为"安第斯王冠上的明珠"。16 世纪，西班牙殖民者占领这座城市后，定都利马，这里的印加城市布局得以保留，殖民者又添加了西班牙因素，因此，这座城市两种风格并存。1983 年列入联合国"**世界文化和自然遗产**"。

走出库斯科，依然满眼绿色，蓝天白云，晨雾弥漫，仙境一般。我的座位不好，没能拍到这美景。很快大雾笼罩，一片白茫茫。能见度极低，而司机车速不减，真佩服他们。

一会儿，雾散景现，竟是一派纯净安逸、田园牧歌般的美。

圣谷
风光

出游先到一个印加古镇。小镇整洁安静，不见居民。进到一个小市场，里面手工艺产品琳琅满目，风格独特，质量也不错。有接待员讲解、示范印加传统的天然印染、羊毛捻线等。听不懂，还能看得懂。

印加文明与玛雅文明和阿兹特克文明并称为"印第安三大古老文明"。它产生于南美洲西部、中安第斯山区。公元前1000年中下期，形成发达的农业文化。公元500年，以的的喀喀湖为中心建立城市。公元1243年印加帝国在库斯科建都，繁盛300年，后因内乱国势衰落，1532年被西班牙殖民者灭掉。据称，印加文明是"唯一没有书面语言的文明"。他们结绳记事的"奇普"（khipu）至今还是研究者有待破译的谜。

在小市场，我和印加老妇合影，算是一个收获吧。没想到的是，同行的一家团友跟我合影，我倒成了一个标签了。

除了看印加的织品、工艺品，还看了他们的**古梯田**。

古印加文明曾是发达的农业文明。在干旱缺水的山区，培育了多种块茎农作物。梯田是印加农业文明的一大杰作，修砌得有模有样，相当精细，相当坚固。山地耕作，梯田是最好的方式。而印加梯田施以极精巧的心思和功力，加以修建。石墙垒砌得有棱有角、光洁平展。梯田的造型章法有致、韵味悠远，仿佛是建造观赏悦目的建筑艺术。

看到那不规则的石块砌得严丝合缝，墙角斜线笔直一致，就可以知道古印加帝国的建筑艺术和建筑水平非常之高。

这里是海拔 3000 多米的高原，依山修梯田，恐怕造价很高。高原反应让人空手爬坡都喘得厉害，更何况辛苦劳作，把大石头一层层垒起。

只爬了两三层，我就喘不上气了，高反严重，胸闷心悸。我清楚，无论如何，也不能去看海拔 5000 多米的彩虹山了。

圣谷游·莫雷梯田

这是圣谷游中的主要景点之一。

莫雷梯田宏大精美，堪称艺术精品。标准的圆形，外接一个规则的半椭圆，半椭圆的内环里有一个分为三等分的长方形。这是一组绝对标准精确的几何图形！种地种出这个水平，可谓是太出彩了。不知印加先人咋这么有闲、有艺、有技呢！椭圆形的右上方还有一个直线加三角的小段梯田，像一个箭头，为主体的几何图案指示着什么。而主体几何图案的正前方，还有一个规模略小的圆形梯田。我忽然觉得，这不是为耕作而修的梯田，它更像是一种精心设计的**艺术造型**，一种图腾或者原始宗教的**仪式广场**？

回来后，从零星信息获知：秘鲁是个古老的农耕国家，我们现在食用的玉米、土豆，古印加人公元前5000年就种植出来了。莫雷梯田是古印加人开辟的试验田，采用"环形剧场式阶梯下沉"的形式，通过不同高度的温差，培育不同的茎块作物。这是现在通行的说法。可是，试验田要这么精致的几何图形吗？那个箭头为什么只成箭头，不借助地势修成大块的梯田呢？不好理解，姑且存疑吧。

梯田公园游人众多，一会儿，我就看不到队友了（我也记不住老外们的面孔）。犹豫了一下，随大流去对面车辆众多的停车场。很快，吉米找到我，告知我走错了方向，并帮我背包，回到了车上。导游的温和体贴让人心暖。

人造奇观！　　　　　　　　2020年1月22日 14:29

是梯田还是几何老师的教案？　　2020年1月22日 15:22

山沟里的盐田

马拉斯盐田也是一日游的主要景点。它规模宏大，蔚为壮观。2015年我曾去过海南洋浦半岛的千年古盐田，比这小得多，可以近距离观赏。一个个不规则圆形的**砚式**石台上滞留海水，日晒蒸发，渐渐析出盐的结晶，很有趣，其图案似的格局也耐看。因此，我特别想看马拉斯盐田。遗憾的是，不可以入内，因为跟团，甚至没下去靠近，只在路上高处俯瞰了一番。

据说，马拉斯盐田是盐泉造盐。盐泉，含盐浓度比海水高数十倍的泉水，这本身就令人十分好奇。而这盐泉竟能供给大大小小3000多块的梯田式盐池，不能不令人**匪夷所思、叹为观止**。在深深的峡谷之中，盐池整齐排列，仿佛给山谷铺就了一个错落有致的**巨型马赛克**，显示着千年以来印加人的勤劳和智慧。

一日游提供中午饭，是自助餐。僧多粥少，排在后面，好多东西就吃不到了。不过，有多种饭菜的选择，还是比吃西餐好多了。我身后不知哪国的老太太，一直用餐盘顶着我的后腰，不停地催促着，这使我想起国内参团的相似经历，苦笑而已。

圣谷游——欧雁台太阳神殿

欧雁台是去马丘比丘火车的起点，接驳库斯科开来的大巴，算是个交通枢纽。欧雁台的**太阳神殿遗址**值得一看，是圣谷一日游的最后一个景点。

我在此脱团，准备乘晚上7点多的火车去热水镇入住，还有四五个小时的候车时间，可以独自慢慢游览这个高度不低、规模不小的景点。

太阳神殿遗址在山顶，沿着梯田的阶梯攀登直上。走走，歇歇，看看。还好，没觉得太累。

山下是古城遗址。梯田对面山上的悬崖绝壁处也有古迹，其陡峭的坡度看着都眼晕，不知古印加人是怎么建上去的。

太阳神殿已成废墟，格局大致还在。最让人惊叹的是巨石修建的外墙。导游在这里讲了半天，不知道说的是什么。我觉着这巨石上山就是一绝，人空手上山，还得歇几次呢，这么大，这么重的石头怎么搬上去的呢。

还有一绝，就是石墙垒得严丝合缝，没用任何黏结剂，在大地震中却巍然不倒，是为叫绝。太阳神殿曾是印加帝国最受尊重的寺庙，曾经用黄金铺设地板和墙壁。其名字的语义本为"黄金庭院"，可见其雄厚豪迈之态。后遭西班牙殖民者洗劫一空，又遇大地震的摧毁。如今神殿雄风不再，唯有石墙雄姿屹立，傲视苍穹。

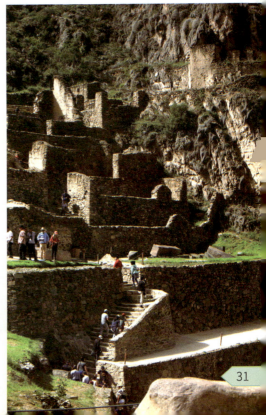

石墙缝里插不进纸片，砌墙的手艺绝了。

无意的抓拍，留下了穿汉服女子的倩影。后来竟成了同游玻利维亚"天空之镜"的游伴，好有缘分呀！

圣谷风光

圣谷，它不仅串联起一个个名胜古迹，还陈设着超凡圣洁、世外桃源般的美丽风景线。尽管地处高原，群峰拥抱，但河谷并不荒凉，反倒绿草茵茵，黄花片片，耕地齐整，山野鲜亮。大地被侍弄得细腻光洁，如软软绒绒的地毯。**呈五彩色块，铺锦绣图案**，名副其实的斑斓如画！再加上，山做衬景，云来相伴，弥散着天公做合的仙气，成就了超凡圣洁的气质。难怪称它为圣谷，这遗迹，这景色，堪称双绝，是安第斯高原中最吸睛的一抹亮色。

游者，走马观花。行者，美在脚下！姐，佩服！佩服！🌷🌷 2020年1月22日 13:01

真美啊！！👍👍👍 2020年1月22日 15:15

太美了！ 2020年1月22日 20:56

马丘比丘

——人类新七大奇迹之一

马丘比丘是印加帝国建在陡峭山峰上的石头城，15世纪中期完工，16世纪西班牙人入侵后成为废城。20世纪初美国考古学家发现了这座掩盖在白云和热带雨林之中的"失落之城"。现在，马丘比丘是著名的世界文化与自然双重遗产，南美必打卡的旅游胜地。来南美，必来秘鲁；来秘鲁，必来马丘比丘。

世界遗产

　　头天夜里坐火车到达马丘比丘附近的热水镇。雨刚停，旅店前台如约接站。步行几分钟，即入旅馆。前台的小伙子非常干练，用电脑翻译几分钟就入住、早餐、离店、参观，安排得清清楚楚、利利索索。

　　清晨早起，吃完旅店准备的简易早餐，冒雨去汽车站，准备乘车入园。雨下个不停，买了一次性的雨披，顶雨排队。游人极多，没有候车室，只是当街按入园时间的引导牌摆起长蛇阵。在雨中足足等了一个多小时，总算顺利地入园了。

　　小雨大雾，使这个秘鲁最享誉世界的古迹蒙上了神秘的面纱。时而大雾笼罩，白茫茫的不见踪影；时而轻纱飘动，曼妙身姿若隐若现；时而披纱露脸，妖媚迷人。

　　雨雾助我，让我看到马丘比丘变幻莫测、扑朔迷离、身姿峭拔、面容秀丽的绝佳美景。雨雾也碍我，让我久立于寒冷潮湿之中，引颈翘盼，抓拍大雾飘过的瞬间影像。忙乱之中，还把镜头掉在了地上，心疼不已。不过，五六个小时的蹲守，几乎360度的抓拍，可谓过足了瘾。

　　独自静静地看雾聚雾散，石头城时隐时现，静静地想历史更替，古迹兴废遗存，真是一番见眼前之奇景、发思古之幽情的享受啊。

其次，就是它的建筑技术，不用任何黏结剂，只把石块精细地打磨切削，然后天衣无缝地吻合拼接。不管是多少条边的石块，都能和周边的石块紧密吻合，不差毫厘。拼接的缝隙，连纸片都插不进。在梯田，神殿都能看到这样的石墙，真称得上是一项绝技。只是，人们无法破解，在没有文字、以结绳记事的时代，古印加人怎么会有如此高超精湛的建筑技能？据说，凭现代装备技术，把300吨的整石运上山，并架在三窗庙的窗户上，都是难以办到的事情。有印加人说，他们来之前，已经有了这些神奇的建筑（哈哈）。看来，这是一个神奇的谜呀。

现在学术界，对这个高山之巅建空中城堡，有种权威性的解读，即祭拜神灵太阳。这里离太阳近，印加国王自视为"太阳之子"，建这样一个祭拜圣典的活动中心，顺理成章。这和北京皇家祭天的天坛异曲同工。

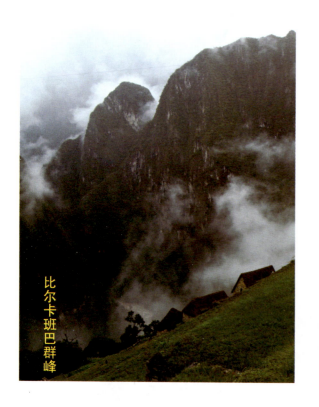

比尔卡班巴群峰

 景观绝佳！　　　　2020年1月22日 22:49

这座石头城堪称世界奇迹。它高耸于2350米的山巅之上，周围是陡峭的悬崖绝壁。站在悬崖边上，可以看见落差600米的垂直峭壁。下面，**乌鲁班巴河**在深谷里绕山脚流淌，看上去是一条细细的带子。周围，峭拔耸立的**比尔卡班巴群峰**，在云雾中隐约露出重峦叠嶂、险象重生的山顶。心想，怎么选这么个险恶的山巅建城呢，避世？退守？不管是什么，这奇迹般的浩瀚工程还是令人赞叹不已的。

首先，石头城规划周全，功能齐备。一道石墙把农业区、生活区截然分开。生活区里，一个中心广场分隔出祭祀和居住两个区域。祭祀区域中，著名的太阳神庙、三窗庙、揽日石，是石头城最神圣的建筑，是祭典的圣地。全城，140多间的建筑中，宫殿、神庙、作坊、堡垒，安排有序，错落有致。我不禁为600年前城市设计者的高超水平所折服。据说，水利系统特别巧妙，能让山泉流经每一个房间，这也够神的！

乌鲁班巴河

 仙境！如诗如画！！👍👍👍　　2020年1月22日 22:56

我忽然觉得，神殿前，古镇里，还有这石头城，所有梯田景点都是精心打造、细心呵护，不像是用于耕种，而是有种"登堂入室"的仪式感，或者是举行某种仪式的一种结构形式。可惜，语言不通，找不到相关的资料，只能妄加猜测。

在生活区的房间中心，看到类似我国房柱础石的两个圆石台，不知何物。我拍到一个怪石，造型奇特，引人注目。地上一个黑石箭头插在白色的石环之中，不知何意。查资料得知，此处是神鹰庙，怪石的雕塑是秃鹫造型，下有一洞，可拘押一人，是监狱。

真美呀！简直仙境一般！   2020年1月22日 18:00

雾拍得有动感！真棒！👍👍   2020年1月22日 18:55

一直想去的地方😻   2020年1月22日 19:54

像水粉画   2020年1月22日 22:42

神鹰庙

石头城里中心广场的草地上，有**羊驼**在悠闲地吃草，给古城遗址带来生气活力。游客经过，喜爱地逗弄它们，而它们悠闲自若，应对自如，非常可爱。

下午 2 点多回到热水镇，吃饱饭，等 5 点的火车回库斯科。从欧雁台到马丘比丘，这段火车是**旅游专列**，有观景天窗，有小桌板，条件不错，票价相当贵。去程是晚上，没有特殊感觉，倒是睡眼蒙眬之中，乘务员要我点饮料，还是收费的。回程不同，小桌板蒙着漂亮的苫布，乘务员热情地送餐送水，这回是免费的。饭罢，乘务员更是表演起节日来，先是妖冶疯癫的一个大仙逗闷子，接着是服装模特走场，最后就是推销服装了，弄得旅途热热闹闹的。

到欧雁台，天色已晚。到了库斯科旅馆，已经入夜了。

点赞库斯科旅馆（1 月 19 日）

回到**库斯科**，依然住在Casa Real Limacpampa Boutique Hotel。有前台的帮忙，马丘比丘玩得非常顺利和开心。今天，前台 Hugo 给了我更好的帮助。他帮我订去世界遗产城市阿雷帕斯的巴士票时，因没有白天的班次，无法按预计路线走。于是，Hugo 帮我改变行程，放弃阿雷帕斯，直接去的的喀喀湖畔的普诺。订好了巴士车票，又帮我打印好玻利维亚的签证申请，突然发现车票出现了系统问题。钱已付，票已出，线上却无记录，也就是说，我手里的票网上不认。Hugo 为此长时间交涉，告诉我网站休息，无人工服务，要我提供付款证明，而国内建行也不是工作时间。于是，按我的提议，一小时后，Hugo 带着我去了巴士公司，对方同意让我照常乘车。之后，Hugo 回旅馆，我直接转游库斯科。

一上午的时间，Hugo 都在为我帮忙，影响了前台的其他业务。别的工作人员，面带不满，而 Hugo 始终和颜悦色，柔声细语。乘车去巴士公司，更是上上下下，照顾得如同亲人，真是个好小伙！

在这个旅馆住了三晚，头一晚冷得无法入睡。第二晚告诉服务生，他立刻拿来了电暖器，我得以舒舒服服地享受了两天。三个小伙子的热心帮助，使我在库斯科度过了非常舒心愉快的时光，玩得非常开心尽兴，我由衷地感谢他们！人心之善、之暖，如沐春风，如饮甘露！

这个旅馆不仅位置好、条件好、服务好，其布局设计也很有特色。天井式的院子里有个小花园，很有园林家居的味道。作为三星级宾馆，其接待大厅装饰着老物件的展窗，餐厅里也有老物件的展示角。这些老物件在向房客讲述着这个民族、这个旅店悠久的生活史，鲜活形象，给人印象深刻。在普通的旅馆，竟然也能看到历史信息浓重的老物件，看出这个旅馆对自己历史及传统文化的尊重和珍爱。

旅馆展出的老物件

游库斯科大教堂

独自漫步，开始街拍。拍到建城者**库斯科的塑像**。拍到一座壮观的**古迹**，Hugo 也说不清是什么机构。在武器广场旁边的一家高级宾馆，遇到了一支游行队伍。清一色的年轻人，擂鼓狂歌，振脚起舞，很有声势。

库斯科的**武器广场**是人们聚集休闲的中心。

大教堂端庄地雄立于广场高处，巍峨醒目。它始建于 1560 年，历时 100 年才建成，是殖民时期的建筑杰作，至今还保持着骄人的风采。参观收费，不许拍照，只能凭记忆和感觉描述一下。从未专门了解教堂文化，一向跟着感觉走，在脑海里镂刻着自己的记忆，所言所见恐有贻误之处。

库斯科大教堂明显与众不同。参观者从一侧进，另一侧出，分明感受到此教堂分左侧殿、正殿、右侧殿三部分。一般教堂主殿绝对优势，两侧配殿近于通道。库斯科大教堂的两个配殿独立性强，虽不至于喧宾夺主，但自有特色，自成一体。

进口的偏殿，主架构呈白色和浅驼色组合，温暖柔韧，每个拱室形成一个镶着金饰的壁龛，里面再分有主龛和小的配龛。龛以浮雕为框，纯金点缀。龛里，主塑圣母雕像，身披华纱，珠宝饰品，雍容华贵。遇一对中国游客，有华人讲解，听一耳朵，得知，此教堂圣母至上。所见各种圣母塑像均身着纱袍，珠光宝气，极像穿着豪华婚纱的女王。不同款式，不同装饰，美到极致。感觉是豪华尊贵胜于神圣空灵。

中间主殿，呈白灰黑主调，庄严神圣，令人肃然起敬。主位依然是华服的圣母，但肃穆圣洁的边饰使之庄重高贵。其对面相对的一个空间，由暗棕色雕塑围成，中间是圣子遇难塑像，感觉压抑沉重。这一格局，基本是此教堂的基调，好像也是南美诸国的一种模式（后来同窗好友告知，这是天主教堂的模式）。主殿突出壁画，绘制精美，大气磅礴，为主殿的神圣庄严造势渲染，功莫大焉。其中在东北角的一幅《最后的晚餐》特别引人注目，其缘由是桌上餐盘里的面包换上了南美特有的豚鼠。这大概是一种创新吧，其构图和人物身姿神态也有变动。但说实话，它远不及达·芬奇原作的艺术风采，在本教堂里，也难称上乘之作。宣传者借此说话，恐有噱头、炒作之嫌。

出口的偏殿，浅灰色基调，博人眼球的是一面墙上一个巨型雕塑，边柱拱檐金灿灿地耀眼，仿佛巨大的金雕，不由让人惊叹：货真价实的富豪金哪！印加帝国盛产黄金，其著名的太阳神殿就是以黄金铺地围墙，引得西班牙殖民者垂涎、贪婪，将神殿的黄金洗劫一空。后来建大教堂，沿用印加黄金内饰的风格，主殿偏殿的栅栏、隔断、边框、饰品，无不黄金加身，灿然闪亮。所以参观之后，一个深刻印象，即，豪华！！！

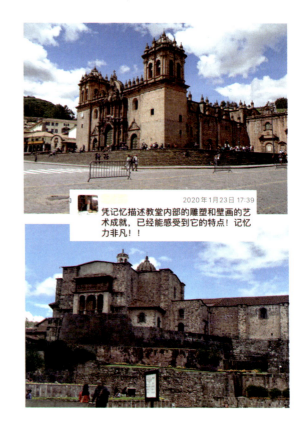

2020年1月23日 17:39

凭记忆描述教堂内部的雕塑和壁画的艺术成就，已经能感受到它的特点！记忆力非凡！！

游萨克塞瓦曼古堡遗址

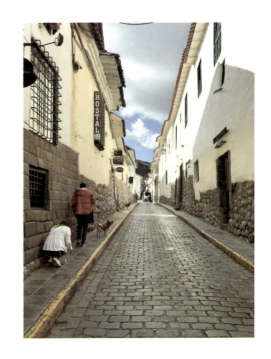

走出武器广场，看到一家姜记中国餐馆，进去碰碰运气，解决午饭。餐馆布置着浓重的中国风，但无一人是姜家亲戚，没有一张华人面孔。点了一个猪肉炒饭，口感咸，要了两碗热水，服务员为此直道歉，服务态度很好。

饭后沿着小街直奔山上，那里有萨克塞瓦曼古堡遗址。这是离库斯科最近的世界遗产景点，不能不看。2公里17分钟的步行路程，小菜一碟，走起……

平道上慢慢散步，没有感觉。一上坡，高反发作，十分难受，高反药没带，靠丹参滴丸安抚心脏。走了半个小时，一个小时，看导航，才走了1分钟，还有16分钟的行程。很可能上不去了，拍个照，喘口气吧。

走走停停，坚持下去，终于在傍晚走到了遗址脚下。两条路，选择了圣像山的路，既能眺望库斯科城貌，也可以观望一下遗址规模。可是，再想去看遗址时，已经不许进了，只好叹息而归。这个景点特别累，回旅馆和衣倒头便睡，夜半醒来仍有疲惫感。还好，明天坐巴士前往普诺，可以借机休息一下。

世界遗产

萨克赛瓦曼古堡，海拔3701米，是拱卫库斯科城的巨石堡垒。传说是印加王兴建于15世纪70年代，历时50多年，直至被入侵者占领，尚未竣工。古堡占地4平方千米，用料30多万块巨石，其中最大的高9米，宽5米，重300多吨。这些石料雕凿精细，吻合精准，经历大地震而依然屹立。西方一位史学家慨叹，这样的城堡乃"全能者的杰作，而绝非出自人类之手"。

其**圆形古堡**曾是太阳祭的场所，也是印加王的行宫，是保留得最好的古印第安人最伟大的建筑之一。

遗址的格局，我只是居高眺望了一下，规模不小。夕照之下，游人像小人国里的人，在遗址的三道高高的石墙之间徜徉，一副温煦和谐的画面。遗址石墙的垒建严丝合缝，难插一钉一纸，其多边形的吻合堪称建筑的神功绝活。有人看到 12 条边的无缝吻合，为之叫绝。我没有机会看到，但回程看到一家门框石墙上的对接，竟有 14 边之多。当时，一个大个子的西方游客在拍照墙上砌石细节。我看到了，也赶紧去拍，大个子游客反转镜头，竟拍起我来。噢，是不是我前挎着背包的狼狈相很好笑。在南美，我拍路人，而路人也在拍我，可能是这张中国脸不多见？

印加帝国的建筑技巧十分高超，这种石缝精准咬合的杰作随处可见。现在的公共建筑里，也喜欢用石板对接，做成艺术幕墙，不知是不是对这一传统技艺情有独钟。

　　这次坐的是"低等经济舱"，临窗，七个多小时的行程。一路上时睡时醒，观景拍照。这段景色稍逊于库斯科，但还是绿色山水，还可观。也许是纬度高了，地势也高了，可以看到雪山了。

　　下午2点左右，应该到达目的地了。见一城镇，建筑密集，但都是毛坯在建状态。道路不平、尘土飞扬，脏乱差得很。直担心这地方怎么待呀。大巴在车站停留片刻，又出发了。还好，这里不是**普诺**。

　　又行程一个多小时，到了普诺，对面一侧可以看到的的喀喀湖了。

　　普诺城市小于库斯科，市容也差一个层次。天降小雨，感到冷清。一出公交站，就被旅游团的销售跟上了，到了旅馆就订好了明天出游的票。

　　办理完入住，冒着小雨上街买花镜和行李套。旅游丢花镜是常态，这次在游伊瓜苏瀑布时，把配的花镜丢了。用备用的折叠花镜，又把眼镜腿掉了，急需装备新的花镜。还好，找了两个店，把掉腿的安上一个钉，能用了。想再买个新的备用，却未能如愿。

　　去超市和眼镜店的路上，为躲雨，稍走几步就气喘胸闷，回到旅馆上网一查，普诺海拔3800多米，比库斯科还高400多米。天哪，高反还得继续呀，在这得住三晚呢。慢慢来，求平安吧。一想到23号将去山顶国家玻利维亚，去号称世界最高首都拉巴斯时，还有更艰巨的挑战在前头呢。我得好好养精蓄锐，接受挑战哪……

的的喀喀湖（1月21日）

的的喀喀湖，海拔3821米，世界最高最大的高原湖泊，是安第斯山脉普纳高原的一块亮眼的蓝宝石。

　　湖位于秘鲁和玻利维亚两国交界处，普诺是秘鲁一方濒湖的著名旅游城镇。

　　的的喀喀湖，是南美印第安文化发源地之一，被印第安人称为圣湖。湖面辽阔，湖水清亮，景色不错。

湖边建有一排湖上人家的浮岛

浮岛

湖边芦苇茂密

参观浮岛

浮岛，是的的喀喀湖特有的景观。当地人在水中打桩铺草，建岛生活。据说，几个世纪前，印第安 URBS 族人为躲避其他部族的欺凌，在湖上建浮岛，开辟立足之地。延续到现在，仍有数百人的规模，在浮岛上生存。他们用 TOTORA 类的芦苇造船建屋。

兽头草船，船体是芦苇的，上面的内饰是木板的。船形像中国龙舟的短款，是双兽头。游客坐在二层木制的船舱里，主人就在兽头的下面摇桨前行。

坐船兜一小圈后，上**船主人**家的小浮岛，坐在小岛中心平场上，听主人介绍他们的建岛方式及其手工制品。

浮岛人家

浮岛的生活原始而又充满智慧，水面上用草就能建成生存空间，而且追求美观实用。浮岛上留有绿色的水草，堪比陆地上的绿化。房子的建造也多样化，亭、塔、仓、房，造型各异，使观感丰富悦目，不至于单调乏味。岛上还有个草门，虽说孤岛独立，无须专设，但有门，就有院，就有户，就有家园的概念。

仔细观察，岛上还有一圈太阳能板，一座简易房上有现代设备，可知岛上生活并非真正的原始状态。但生活在陆地上的旱鸭子，总会觉得岛上的生活不会太舒服。从住地人们鬈黑的肤色和粗糙的肌肤，也能感觉到他们生活得并不舒适如意。但这也是值得尊重和敬佩的一种生存方式。

浮岛人家不少，还有一个商业中心岛。没看到有人工养殖的渔业，估计旅游业是他们生活的经济支撑。

2020年1月26日 00:56
啊！很像原始部落的遗存！珍奇！草编工艺精美！

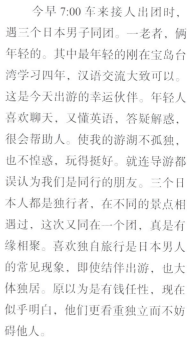

登湖心小岛

　　今早 7:00 车来接人出团时，遇三个日本男子同团。一老者，俩年轻的。其中最年轻的刚在宝岛台湾学习四年，汉语交流大致可以。这是今天出游的幸运伙伴。年轻人喜欢聊天，又懂英语，答疑解惑，很会帮助人。使我的游湖不孤独，也不惶惑，玩得挺好。就连导游都误认为我们是同行的朋友。三个日本人都是独行者，在不同的景点相遇过，这次又同在一个团，真是有缘相聚。喜欢独自旅行是日本男人的常见现象，即使结伴出游，也大体独居。原以为是有钱任性，现在似乎明白，他们更看重独立而不妨碍他人。

　　离开浮岛，行了好长一段时间的航程，来到湖心一个小岛上。导游通知，登岛先走 40 分钟的徒步爬坡，然后在山顶午餐，餐后下到码头乘船返回普诺。爬坡时，日本的年长者高反也很强烈，他常常停下来痛苦地弯腰低头，平复喘息。在这个项目中，我俩是团队的赘脚者。两个日本年轻人常常停下来等候、陪伴，很会处事。还有西方游客的母女二人，常常到我面前询问情况，虽然语言不通，可关心之情溢于言表。爬到山顶就餐时，年轻的姑娘用我听不懂的英语一再反复强调，若有头疼，心脏不适，一定要告诉她，她会帮助我。这样的母女，让我深深地感动，我遇到了天使！整个团队几十人，没有人对我们动作迟缓怨怼或不满，导游也没因沟通障碍和照顾负担而不悦或冷漠。在就餐的地点，看到我们蹒跚而至，导游在草里挑了几根，让我搓一搓，闻一闻，很提神哪！午餐有汤，我就点了这个草汤。给团队带来小小的拖累，而我得到的是理解和关切的目光，是尊重和体谅的情怀。一天转湖下来，我觉得最大的收获是人情的温暖与感动。这也是旅游当中意外而又欣慰的收获。

小岛的风景特别漂亮。平静的湖面有如巨幅光滑柔软的丝绸，云彩在碧蓝晴空变幻着优雅迷人的倩影。岛上安静得不闻一丝噪音，干净得一尘不染。绿树红房，梯田园圃，搭配得如诗如画，弥散着令人沉醉的世外气息。看到眼前景色，日本小伙不由自主地发出赞叹："きれい！"是啊，是真漂亮！

岛上人很少。沿路有两三个地摊，看摊的姑娘衣着艳丽，静静地干着手里的活计，不招揽，不照面，一副静美的身影。梯田里一个老妇在埋头挖地。另一处，一个老人用较原始的工具在翻地。此外，还看到站在岩石上的男孩，蹲在路边的女孩。下山的途中，看到一个中年男子，打着毛活看货摊。寥寥几人，也是岛上的风景。他们的民族服装，他们的动作神态，让人新奇而又喜爱。

 2020年1月25日 05:23
旅游的魅力其实既看景也看人。

 2020年1月25日 20:46
收获美景的同时，也享受非我族类的人类共通之爱。

团餐

　　走到山顶，大概是岛上的核心区，其周边建筑和砖铺的广场，明显感觉到行政气息和商业气息。但还是很宁静，只是多了一些过客的身影。看到一个木制的简易指示牌，亚洲只找到东京的牌子，是 16335 公里。再加上东京到北京的距离，就可以知道小岛到北京的距离了。真远哪！

　　回程又是几个小时的航程，观景，打盹儿，船舱里成了午休室，睡倒一片。今天，游湖看浮岛，登小岛，然后就是坐船兜风，过船瘾了。早 7 点到晚上 5 点，在湖上足足玩了十个小时。

普诺办签证（1 月 22 日）

　　今天是一个幸运日。

　　今天要办一件重要的事——申请玻利维亚签证。明晨 7:00 就出发前往其首都拉巴斯了。特意留出一天的时间办此事，以保万无一失。在库斯科时，也有时间办此事，但不巧的是周日，不工作。今天早饭后，赶在 8:00 上班，就争取办上。

　　导航又出了问题，几百米几分钟的路程，导得我转了好几个圈子，找不到地方，反复重导，总算成了。大概是 8:15，已有一对夫妇在门口等候。8:30 依然大门紧锁，有一种不祥的预感。8:40 左右，来了一对年轻的宁波夫妇，可以帮忙搞明白了，太好了！

　　一会儿领事出现，告诉我们，今天是他们的假日（周三，不知道是什么假日）。噢，绝望了！只能到边境口岸交罚款，受折腾了！宁波小夫妇说明我明晨 7:00 赴玻利维亚，希望通融一下。领事略一思索，立刻答应了。天哪，我也太幸运了吧！官员肯放弃休息，为游客办证，这是怎样的一种服务精神啊！我绝望之中有了希望，又是何等的运气！

　　回想秘鲁十日的旅程，大体上一路顺利，玩得开心又尽兴。今天玻利维亚的签证绝路逢生，运气超好，预示着玻利维亚之行也将顺风顺水，一路通畅！啊，真该好好庆贺一番哪！

游玻利维亚

拉巴斯·乌尤尼·阿尔蒂普拉诺高原·阿塔卡马沙漠

拉巴斯

乌尤尼

阿尔蒂普拉诺

智利·阿塔卡马沙漠

玻利维亚是南美的内陆国家，位于秘鲁的东南侧，地处安第斯高原，被称为山顶之国，平均海拔 3000 米。首都拉巴斯海拔 3660 米，是世界上最高的首都。

前往拉巴斯（1月23日）

　　从秘鲁的普诺坐大巴前往拉巴斯，一路上，大都围绕的的喀喀湖走，可以坐车再次观光这美丽的湖景。

　　上车时，前面一对白人老夫妇受阻，好像是签证问题。我亮出签证，查证人员马上竖起大拇指，表示OK。这还得感谢昨天休假时间给我办签证的领事呀。路上发入境表，密密麻麻的字母好折磨人哪，累了半天，总算弄明白了该选 Yes or No。接下来，又开始担心手头没有秘鲁的入境单，出关时会有麻烦。在墨西哥，曾因弄丢了入境单而被罚款 30 美元。那是在机场，办手续容易些。这是在公路口岸，弄不明白的话，没人能帮忙。惴惴不安之中到了口岸，排队过关。漫长等待时，我试着用翻译软件问身后的年轻人，结果答非所问，依然一头雾水。

　　没想到的是，办起来，无比顺利。拍照，按手印，走人！

　　拉巴斯的主城在山谷中，大巴在山头上兜了大半圈，才下到谷底，可以俯瞰城貌。落谷底后，感觉此城系山城，非上即下，道路狭窄、蜿蜒陡峭。车辆众多，行车拥挤。出租司机技术高超，窄胡同里，车流人流之中，泥鳅一样地穿行，只抢不让。而窄巷里没有规则的人行道，路边台阶宽不及半米，还有杆子、石阶等路障，有的地方干脆一点路都不留，行人只能自己挑路走。就这样，行车并不顾及行人，强行，挤路，毫不手软。坐他们的车，很紧张。如果我在这里开车，恐怕寸步难行。

游拉巴斯 Killi Killi 观景台

刚入境，就接到中国驻玻利维亚大使馆的安全提醒，这让人忧心，不想出行。请前台帮忙订前往乌尤尼的车票，没成功，还得跑一趟巴士总站。

解决了车票，立刻打车去**Killi Killi 观景台**。这本不在计划内，可是能看到雪山，还是不能错过的。这回不再吃苦，坐出租车上了观景台。

观景台中心一个双层拱门建筑，估计是纪念碑。沿着小广场周围的栏杆，能270度地俯瞰拉巴斯城貌。四围的大山雄伟苍莽，巍峨的**伊利马尼雪山**耸立云端。密密麻麻的建筑依地势而建，安卧在大山的怀抱之中。谷底是繁华的摩天大楼，上层多是民居的平房。这个城市曾经历了19世纪前期决定独立胜利的战役，后又经历了多次政变，"和平"（拉巴斯是西班牙语中"和平"的意思）之城并不太平。现在，下午的阳光，洒下融融的暖意，拉巴斯显得雄奇而又安然。

拉巴斯的城市缆车非常有名，可以坐缆车空中直接观赏市容。我担心不安全，没去坐，留下遗憾。

拉巴斯逛街（1月24日）

今天晚上将坐 10:00 的巴士前往乌尤尼，有一整天的时间逛街。听说玻利维亚的物价极便宜，去考察一下，然后去中心区景点看看。

按图索骥，找不到超市，一打听，是街边连门脸都没有的小屋子。主人一边确认这就是超市，一边拉起绳子阻拦我入内。他们大概是在上货。里面小得转不开身，这不是我想去的。找到一家眼镜店，这里的普通花镜卖到 160 元，不便宜。

去**穆里约广场**，拉巴斯的"武器广场"。一条主道绵延几里都是地摊市场，人多得走不动。市场到处卖世界多国的大大小小的仿真纸币，我猜测是冥币？这么多如此精致多样的"冥币"，供多少逝者用啊！我还发现卖纸币的，要往包装的塑料袋里加料、掸水，再放在炭盆上，缭绕几圈，然后合好袋口，一一嘱咐着买主。这仪式太莫名其妙了！

53

整条街上，炭盆众多，烟雾缭绕，令人窒息。但买卖丝毫不受影响，照样摩肩接踵，拥堵不堪。广场主教堂笼罩于烟雾之中如蒙面纱，哪个是总统府也看不清楚。人头、烟雾、噪声、汗水，让人感觉不爽。

找个座位，想吃老玉米解决午餐，顺便休息一下。没想到，这竟是当地特流行的一种街头小吃。鸡蛋煎成了硬板，鸡肉烤成了毡片。没有勺叉，只用手抓。看当地人蘸着调料，吃得津津有味，真羡慕呀。可是，实在吃不下，只好打包逃离。

想起在普诺，按网友所示，找到一家很火的餐馆去吃大餐。端上来时，口味全无，难以下咽，也是打包回房间，晚上水煮之后才能进食。我不挑食，但真的将就不下去，大概是老了的缘故吧。

好不容易挤出人群，看到不远处的圣佛朗西斯科教堂，拉巴斯的著名景点，那里有极富特色的女巫市场。又是人头攒动，拥挤不堪，望而生畏。网上介绍，这里是示威集会场所，建议远离。我还是听劝为好。

一对盲人夫妇在街头熙熙攘攘的人群之中献艺。很卖力，效果也不错。但理会者寥寥。

疲惫地回到旅馆，获准大厅里休息。问讯前台：今天是什么日子？节日？假日？

都不是。

那为什么广场上那么多人？

他们在搞纪念活动。

市场上那么多的纸币是做什么用的？

"是通过购买我们认为可以实现的小型物品（例如房屋或小型汽车）来实现我们的梦想。我们是地球女神 pachamama 的信徒，她是给予我们祝福的人。在这种情况下，我们可以用这钱得到我们所祝福的东西，这些钱也可以用作纪念品。"

哦，好像是用这样的钱买祝福或希望得到的东西，是一种宗教行为。主教堂前，人们拥挤得水泄不通，大概是与此有关的某种仪式吧。

……

晚饭后，拖着行李，打车去汽车总站，坐巴士前往玻利维亚最有名的景点：乌尤尼的天空之镜。

2020年1月25日 06:47
赵姐新年快乐 🌹🌹 您这是在玩儿体验式旅行啊，一定要注意安全啊！

乌
尤
尼

乌尤尼盐沼海拔 3656 米，占地 9065 平方千米，是世界最高最大的"天空之镜"。

走进乌尤尼盐沼（1 月 25 日）

坐一夜大巴，早上 7 点多到达乌尤尼，遇到四位同胞小伙伴，开始了顺利而又愉快的盐沼之旅。

这个小镇很小，实际上是天空之镜旅游景点的代理站点。镇虽小，设施齐备，功能齐全。找准旅行社，就可以顺畅地玩起来了。

走进乌尤尼盐沼，厚厚的盐矿铺展开辽阔的雪原，白皑皑、平展展的，一望无际。雨季有水，光滑的盐壳便成了一面涵纳寰宇的巨镜。日月星辰投射其中，会显出清晰明亮的倒影，幻化出天地合一的奇幻世界。国内青海省有著名的茶卡盐湖，与乌尤尼盐沼同类，但小很多。如果说茶卡盐湖是仙女小小的梳妆镜，那么，乌尤尼盐沼就是上帝硕大无边的映天魔镜。据说，乌尤尼的盐矿够地球人吃几千年。我们的包车驶进无边无际、一马平川的盐沼，就像驰骋在广阔无边的雪原。白茫茫的天地，白茫茫的世界，白茫茫的心境，好纯洁，好明亮哟……

司机选好了有水的地方，我们穿上水靴，下车开始寻找天空之镜的影像。水平如镜，倒影清晰，置身其间，难分形影。我们学会了一种形影颠倒、虚幻奇妙的拍摄法。于是，走起太空步，恍若太空之旅，有趣极了。

虽已年近古稀，还是和小伙伴们玩起了各种游戏，这是天空之镜特色的旅游项目。包车司机兼动作设计、导演和摄影，用简单道具，借视觉差、延迟摄影，拍出各种有趣的画面。在这奇幻的镜面之上，过足了表演之瘾，欣然忘我，返老还童。

涵纳环宇
映天魔镜

傍晚，夕阳漏下云层，在盐沼的天际线，幻化出绚丽辉煌的光彩，吸引着我们惊羡的双眸，陶醉着我们璀璨的心田……我们一行五人组成日落团，从下午2点到8点，玩得尽兴，看得过瘾！

 奇观！ 2020年1月30日 10:05

 真美呀 2020年1月30日 05:27

 真美 2020年1月30日 06:35

 真是仙境！ 2020年1月30日 00:19

 看你玩得那么开心，真是为你高兴啊！ 2020年1月30日 01:27

 太美了！真饱眼福！ 2020年1月30日 02:50

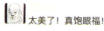 她们带着服装呢，如梦如幻的地方。你居然高反不强烈，真棒！ 2020年1月30日 03:23

观星空、日出（1月26日）

　　昨晚看日落，8点返回，吃了一顿经济可口的晚饭，切身体验了一把玻利维亚的便宜物价。

　　夜里11点入睡，凌晨2:30起床，去看星空和日出。夜幕上繁星满天，银河被星海合抱，略有轮廓，不太醒目。星虽璀璨，但使用摄影器材不熟悉，鼓捣半天，星隐日出，得片少之又少，是为憾事。

猜想，星空加倒影，拍全，方是天空之镜的骄人之处，当然，得有过硬的设备和技术。

　　日出之后，发现了货真价实的形影镜像。清晰一致，难分本末，真正的镜面反射！这是天空之镜的本色。冻脚冻手，瑟瑟发抖，但看到此景，美不自胜，欣然自得。缺觉，挨冻，疲惫，但值了！唯一缺憾的是拍摄的目标太少。遇到车队，如果拍车头，低摄位，隐去地平线，就会有经典大片的效果，可惜没能抓住机会，发现时，已来不及操作了。

美文共赏

天空之镜

　　从来没有这么想看清镜子里的自己，从来没有这么想让自己颠倒乾坤，从来没有这么想让自己渺小苍穹，这大概就是玻利维亚"天空之镜"的魔法吧。

　　明明就是一片盐田，居然可以媲美仙宫；明明就是一摊沼泽，居然可以海纳天空；明明就是一块结晶，居然可以大到无边。

　　站在这，分辨虚实是种罪过；走在这，蹒跚学步是种敬重；舞在这，东施效颦是种快乐。

　　所以，沉浸在盐的世界吧，它能化身为高山湖泊；所以，陶醉在盐的海洋吧，它能让你眼前的世界变成冰天雪地所以；所以，欣赏盐的伟大吧，它能让你脚底的大地变成镜子。

　　然后，你可以足够妖娆、足够放肆、足够自信地站在"镜子"面前问"镜子"：镜子镜子，请问世界上谁最漂亮？

　　而答案自然是：任何能来到这里的你。

　　同行的小汤老师在朋友圈里留言，奇思妙想，文采斐然，诗情洋溢，意蕴悠长。精准华美地道出天空之镜奇妙虚幻的观感，道出惊诧欢喜、畅快自得的心态。

阿尔蒂普拉诺高原

乌尤尼盐沼·阿塔卡马沙漠

阿尔蒂普拉诺高原是安第斯山脉的一部分，海拔 4000 多米。从玻利维亚的乌尤尼到智利的阿塔卡马，可以沿途观赏高原上的特有风光。荒漠而雄奇，苍凉而壮美……

乌尤尼—阿塔卡马三天两晚跨境游（1月26日～28日）

从玻利维亚的乌尤尼盐沼前往智利的阿塔卡马沙漠，有两条路线。一是回到拉巴斯，飞往智利首都圣地亚哥，再飞往阿塔卡马往返，这条路线舒适快捷。二是参团三天两晚乘越野车走阿尔蒂普拉诺高原，边赏景边过境，直达阿塔卡马沙漠，这条路线艰苦但有趣。我选择了后者。

第1天（1月26日）

今天和两个广东的美女教师相伴，踏上三天两晚的跨境之旅。还有台湾刘先生的一家三口，六人包一辆越野车，共度全程。这样的组合，可谓非常理想。没有语言障碍，没有文化隔阂，玩起来更舒畅、尽兴。

看完星空和日出，我们急匆匆回旅馆吃早饭，10点又急匆匆地赶这个团，犯困，疲惫可想而知。

跨境游的第一站是**火车墓地**。据说20世纪初，矿山停采，一群停用的废弃火车堆放此处，于是，生锈的火车遗骸就成了旅游景点。人们兴致勃勃地攀爬，合影，不知是眷恋遗物，还是品味新人旧物碰撞的新鲜感觉。

羊驼是这条旅游路线上常见的动物。司机眼尖，看见影子就提醒我们，并把车速放慢，让我们抓拍这些萌态可掬的羊驼。司机一路上讲解所见的植物、动物、山峦、湖泊。我坐在副驾上，是学习的极好机会，可惜我听不懂，也记不住，枉费了司机的一片好心。但司机尽心尽力的服务热情还是让我感动。

同样让我感动的还有两位美女老师，跟她们同行，我非常省心。她们窝在车里的后座上，一路辛苦，让我坐在副驾上，如意拍照。真是由衷地感谢她们！

第二站是盐沼——**天空之镜**。这是我们第三次光顾了。日出，日落，星空，下午，这又加上白天的穿越，我们几乎全天观赏了这个景点，真可谓看了个够，玩了个尽兴。

进盐沼之前，我们在一座盐砖盖的棚子里吃旅程中的第一顿饭。盐砖桌子，盐砖凳子，盐砖壁画，一个盐的宇宙。司机像变魔术一样，很快就拼出一桌像样的午餐，还很有仪式感，让我们喜出望外，惊诧不已。

2020年1月31日 10:34
好！赵姐的状态非常好！

2020年1月31日 10:55
玩儿出了不一样的感觉！👍👍

2020年1月31日 22:2
酷酷的行者！爱你！

太阳最强的时候，走进盐沼。虽说玩的项目已经有所体验，而再来，还是兴趣盎然。司机特别敬业，出主意，想套路，趴在脚垫上，顶着大太阳，一个一个地认真拍照，实在是让人感动。我们也是有了经验，比昨天下午拍得更自如、更入戏。

台湾一家人特别和谐，年长的父母和年轻的儿子，动作整齐划一，一个模子刻出来的一样，其默契融洽、精准一致，令人惊奇赞叹。

不过，这次包车没提供靴子，赤脚踩在盐粒上，我的脚钻心地疼，如同上刑，痛苦不堪。马老师一直搀着我，受累不少。而我的痛苦一直延续，穿上鞋也是沾地就疼。这脚娇气得让人不好意思说出口，只能默默地忍受着。

中午的强光把云水镜像照得平淡无奇。强光之下，依稀可见盐沼的车辙印和六角形纹理。置身天地一色的空旷之中，人仿佛要融化成这云水镜像一样的透明、澄澈、浩瀚、空灵，洗尽了俗世的杂念，落得一个超凡脱俗的静定的灵魂。远处，小小的人影、车影在镜面上浮动着，加浓了这镜像世界虚幻奇异的意味，给人一种梦境般的沉醉感。

第三次游天空之镜

太有创意了 🙏 　　　　　　2020年1月31日 10:52

各种花式玩儿法，好玩儿👍 　　2020年1月31日 11:21

玩得太开心了👍👍👍 　　　　2020年1月31日 11:28

摄影技术高超👍👍👍 　　　　2020年1月31日 11:34

真好玩，照片很特别，漂亮。 　2020年1月31日 13:24

高超的摄影！真开心😃 　　　　2020年1月31日 16:04

真会玩儿！👍👍 　　　　　　2020年1月31日 21:09

回复赵卓：太有情趣了，也让您有了儿时的感觉 　　　　　　　　　2020年1月31日 21:10

不虚此行啊！ 　　　　　　　2020年1月31日 22:19

一通开心的游戏之后，司机带我们到了盐沼旅馆（有客服）。相隔不远的大型盐雕是盐沼的"地标"。旅馆里有盐雕的工艺品，有出售的纪念品，有咖啡区。馆外集中插着各国的国旗，我们找到中国国旗、拍照留影。

云幕山影
盐野辽阔

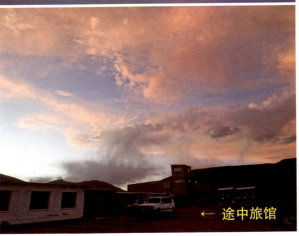

← 途中旅馆

傍晚的盐沼阴云密布，时而露出的阳光在云彩上映出一截彩虹。乌云低垂，压抑着辽阔平展的盐沼之野。远处的山脊在乌云笼罩之下，在身后阳光的衬托之中，展示出线条优美的剪影，如同幕布升起之际，一个迷人的亮相。

走出盐沼，进入旷野，不久就到了今夜的住宿点。来之前听说这段旅游条件极不好，吃的差，住的也差，只能将就度日。可是，今天的吃住远超预期的好。这住宿我称其"败絮其外，金玉其中"，外表其貌不扬，里面让人惊叹。这真是意外的良好开端，让人心情大悦。

走向玻利维亚阿尔蒂普拉诺（Altiplano）高原更高处

离开海拔 3600 多米的乌尤尼盐沼，向海拔 4000 多米的山地进发。没有公路，越野车在高原上碾压车辙，急速奔驰，扬起一股股烟尘，拉起一道道白线或是一片片白纱，好有奔放不羁、勇往直前的气概。后车在超越我车时，司机手握拳头，抵住车窗，这大概是男人们竞技场上打招呼、互鼓励的方式吧。我们坐在"摇篮里"，两眼放光地观赏着周围的景色。

高原苍凉雄浑，山脉绵延雄起。偶有小片绿地，原以为是栽种的树苗，司机告知这是南美高原的特产：藜麦。枝叶蓬松浑圆，挺起一根麦穗，远看极像我国东北山区人工种植的小松树苗。查网得知，此作物生于高原，耐旱耐盐碱，营养成分非常丰富。

高原上没有乔木，连灌木都见不到。但有肉植，昨晚的旅馆门前，就有仙人球之类的，个头很大，簇在一起丛生。今天途中休息，一小村落中，有一排粗壮挺拔如大树的肉植，针刺坚硬锋利，让人喜爱而又不能接近。这也是高原独特的一景。

这里的山多为圆锥状，头戴一顶流苏精致的雪帽，潇洒俊逸，很吸引眼球。司机一一介绍，哪个是死火山，哪个是活火山。我半懂不懂地听着看看，似乎明白：山为什么大都是圆锥状。有些山头升腾着袅袅白烟，也不是什么野火，那是活火山！

藜麦

我喜欢看山，雄浑是它的气魄，巍峨是它的风姿，苍凉是它的气质，坚实是它的本色……此次高原之行，我又能大饱眼福啦！沿途一座又一座漂亮的山峰映入眼帘，目不暇接，相机快门忙碌地工作着。

活火山

没想到，这荒漠的高原竟有如此迷人的景色。

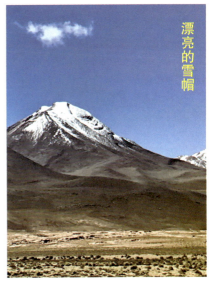

漂亮的雪帽

导游把我们放在有火山岩的地方，攀爬照相，来个亲密接触。这是今天游览的第一个景点。

高山湖

　　高原虽然苍凉荒漠，但有珍珠宝石般的高山湖点缀其间，还有难得一见的火烈鸟，给高原增添了又一个美丽动人的景观。这些高原湖大多是淡盐湖，湖中的矿物质和微生物为火烈鸟提供了营养食物，故而鸟群聚集于此。

　　我们先到了**卡纳帕湖**（Canapa）。在秃山和荒原之中，看到孤零零的一池湖水，感到突兀而又惊异。

　　来到湖边，脚下是绿色的茅草，水里有悠闲觅食的**火烈鸟**，周边群山环绕，一池湖水显得宁静安闲，有种世外之感。

　　蓝天白云，湖光山影，高原上少见的一幅美丽画卷。跟火山的苍凉雄浑相比，它如同工笔水粉画，框在镜头里，美得像是画作。

　　看完火烈鸟，几辆车都聚集在附近的山脚下，开始午餐。鸡肉香蕉，意大利打卤面，水果饮料，这是来南美最可口的一顿饭。

　　更开心的是，望着眼前山湖美景，吃着美食，是怎样的享受啊！台湾的刘先生说，这是世界上最高级别、最美享受的午餐了，五级！我说，迪拜不是还有七级吗？答曰：那是自诩的，五级是公认的！好吧，我们这是公认的最高级。幸福啊！

午饭后，我们来到了有名的景点**赫迪翁达（Hedionda）湖**。湖的水域更大，火烈鸟更多，景色很美。湖水里的矿物质和浮生物把水面染成彩色，有粉，有蓝，有白，大山的投影又增添了一抹黑。水面平静，倒影朦胧，十分安宁静美的一个场所。

火烈鸟们高抬着细长的腿，高挺着柔长的脖子，步态优雅，水中散步，悠闲自得。觅食者，长脖子进水，身体弯成水中亭亭玉立的花朵；振翅者，一展双翼，亮出最酷、最迷人的身姿。在白色的湖心岛上，在迷幻的倒影里，鸟们自由自在，一幅天堂般优美安闲的画面。

火烈鸟的乐园

途中，一只狐狸从远处走来，司机看见，立即停车，通知我们观赏。狐狸不紧不慢，走到车前，注目凝望，流露出企盼而又深沉的目光。可怜见的，宝贝！台湾朋友扔出一块面包，我扔出几块饼干，狐狸急促地吃着，我们悄悄离去。台湾的阿布说，不能喂得太多，会养成动物的不良习惯。嗯，有道理。可是，看到狐狸那深沉期待的眼神，实在是不忍拒绝呀。

车行不远，看到一处好景色，云、山、湖、滩，一幅色彩柔和亮丽的风景画。司机非常随和，一边不停地重复着刘先生的日语："ちょっとまで"，一边停下车来，让我们拍照。这时，我们拍到了云彩上面的**七彩光**。昨天在天空之境行车时，我拍到了比这更大、更醒目的七彩云，可惜车窗的玻璃太脏，拍的照片无法挽救。

记得50年前，我在农村田里干活时，看到天上一小朵云是彩色的。当时农民告诉了我一句气象谚语："单耳晒，双耳坏"，意思是，天上有一朵彩云，预示着有好天气；若有两朵彩云，那就要变天了。高原上气候多变，不知这云彩上的七色光是什么征兆。昨天是乌云压顶，今天呢？

火山岩与巨石

又到了一处火山岩，一路上变换着观赏目标，挺有趣。

这里的火山岩，是岩浆喷发涌动中凝固、冷却，成为浆纹固化的岩体，在平坦的地面上耸起一道层层叠加的岩墙。

岩石上多有面如鼠、身似兔的小动物。

标牌

继续前行，旷野上平地凸现一群**巨石**，如天外来物。其造型奇特，不可思议。有冒险者迅速攀爬，显示着年轻人的探险精神和攀爬技能。旁边立着一个标牌，竟是一个无字书，其龟裂纹理神秘而诡异，可有解读的高人？

走向红湖

走向红湖的途中，天气有变，云渐多，雾渐大。

云景，也是高原行的一大观赏点。无论是白云缠绻、乌云蔽日、彩云奇幻，还是各种各样的云造型、云倒影、云构图，都是镜头欣然捕捉的目标。高原上的闲云美景赏心悦目，而这天气变化的动感云景则更新奇耐看。有的像火山喷发的滚滚白烟，有的像岩浆沸腾的汹涌气浪，不知这是不是真的从火山口里喷出的气浪形成的云雾。还有的在雨雾中恣意戏耍，玩弄着光和影的魔术……好看，有意思！

红湖，学名叫科罗拉达湖（Laguna Colorada），海拔 4278 米。因色彩浓艳、景色绚丽、火烈鸟众多而享有盛誉。它位于玻利维亚和智利的边境附近，是两国跨境游的主要景点。红湖里面的藻类鲜红似火，硼砂洁白如银，还有黑色的礁石、褐色的浅滩、蓝色的湖水，简直是大自然一块色彩斑斓的调色板。

出行前，在网上看到一幅照片，前景是清爽美丽的火烈鸟，中景是绯色的湖水，远景是漂亮的山影，明媚迷人，美丽如画。由此，非常期待亲临现场，目睹这罕见的绝佳美景。

来到红湖边，已是细雨霏霏，烟雾蒙蒙。不知，这云雨变幻是否跟刚才的彩云有关？红湖的水面最大，火烈鸟最多。雨雾之中，有种烟波浩渺的感觉。警戒线把我们挡在山头上，无法接近水面的鸟们。

密集的雨点敲打着相机，无法从容欣赏、细致取景，只能像快枪手一样，举起相机，按下快门，扭头就跑。不过，雨中的湖景别有一番味道，如雾里看花。雨雾朦胧着所有的棱角线条和刺目的点，一切都显得柔和而又深沉。密密麻麻的火烈鸟散落湖中，星星点点，引起无尽的遐想。

雨雾迷蒙
烟波浩渺

躲在屋檐下，听着细碎的雨声，观察着湖面的每一个角落，一趟趟地跑出去拍景，不想留下任何遗憾。

刚要上车，但见湖面出现了彩虹，天边的乌云开启了缝隙，露出一抹蓝天白云。等到我们离开时，已是云开雾散，又见阳光了。

今天晚上入住的条件比较差，限时供电，付费洗浴，只有厕所，没有盥洗间。最不好过的是，插座很少，不能充电。供电时到处找插座，最后插到了服务员的房间里，才解决问题。但，这并不影响情绪，我们照样很开心。

　　今天的活动安排是：早上3点起床，3点半吃早饭，4点出发。为的是完成今天的项目，9点半赶到智利边境，换车过境。

　　摸黑出发。先到一处**间歇泉**。浓浓的白雾翻滚升腾，像一条蠕动的巨蟒。昏暗中，只有白雾障目，未见热泉喷溅。周边的地表山峦蒙上了一层白霜，想起网友所说，冰雪之中看浓浓的水汽蒸腾，应是别有一番滋味！

　　我们匆匆而过，沿路看着白霜覆盖，一个瞬间的银白世界。太阳一出，大地立刻镀上了金色。

　　来到海拔最高的**温泉**Termas de Polques，环境敞亮，空气清新，非常好的一个项目。水温适度，泡得很舒服。票价5索尔！在玻利维亚，上一次厕所都要3～5索尔，而泡温泉只要5索尔，还包括一次如厕。便宜得好像不要钱！这个项目性价比太高了！

　　滑润的泉水，缥缈的蒸气。呼吸清凉沁脾的晨风，环顾湖光山影的晨色，好美，好爽，好享受！

泡了一会儿，继续赶路。越野车在高原山谷之间疾驰，仿佛要振翅起飞，有一种平原地带无法感知的升腾飞跃之感，比平地飙车更畅快，更拉风！

沿途依然风景亮丽。山，多姿多彩。标准的圆锥体，流畅的线条，或白云缭绕，或白雪覆盖，尽管荒山秃岭，寸草不生，却依然俊朗清丽，妖媚妖娆。开阔的荒野上，平行的车辙线都是美景之中赏心悦目的一个组成部分。

又看到一个湖，有火烈鸟，有羊驼，还有雪山映衬，景很美。为了赶路，没停车，抓拍了几张，可惜，都虚了。

在一个静谧的湖水和完美的雪山景点，停留了一会儿，我们又急急地赶路了。估计这两个湖，是有名的白湖和绿湖，从智利过来的游客对这两个湖印象深刻。

渐渐地，进入雪野。不知是纬度高了，还是地势高了。

南美洲的夏季，能看到雪山，真是爽心爽目，快乐无比。雪山美景——从车窗掠过，目不暇接。真想大声地唱一句：高原风光无限好……

走到**玻利维亚—智利的交界**，这里已是白雪皑皑，一派银装素裹，仿佛进入了冬季世界。周边的雪山很美，有车辙印直达山脚，是否有登山徒步的项目？

我们在这里办好了过境手续，开始等智利的班车，在越野车里躲避寒冷将近 2 个小时。

但我要说，这次乌尤尼到阿塔卡马的旅游太棒了，选择这条路线太值了。饱览美景，喜悦欢畅；同伴友好，开心快乐。

三天两夜转瞬即逝，而美妙的收获荷载满满，美好的记忆浓郁绵长！

啊，愿这样的幸福延续下去……

（4）

游智利

阿塔卡马沙漠·圣地亚哥·蓬塔阿雷纳斯·纳塔莱斯港

百内国家公园·埃尔卡拉法特

圣地亚哥

阿塔卡马

百内国家公园

米洛顿洞穴

纳塔莱斯

蓬塔阿雷纳斯

智利位于南美洲的西南，狭长的国土绵延 4000 千米，直抵南美大陆的南端。智利人喜欢称自己的国家为"天涯之国"，人们也把她称为"天尽头"。智利纵跨 38 个纬度，具有极其丰富的地貌，"保留着地球上最原生态的风景"。我打算游北部的阿塔卡马沙漠，南部的百内国家公园，还有离智利本土 3700 多千米、具有神秘色彩的复活节岛。后来，因行程紧张，去复活节岛往返 7000 多千米的航程，没把握，不得不忍痛割爱。

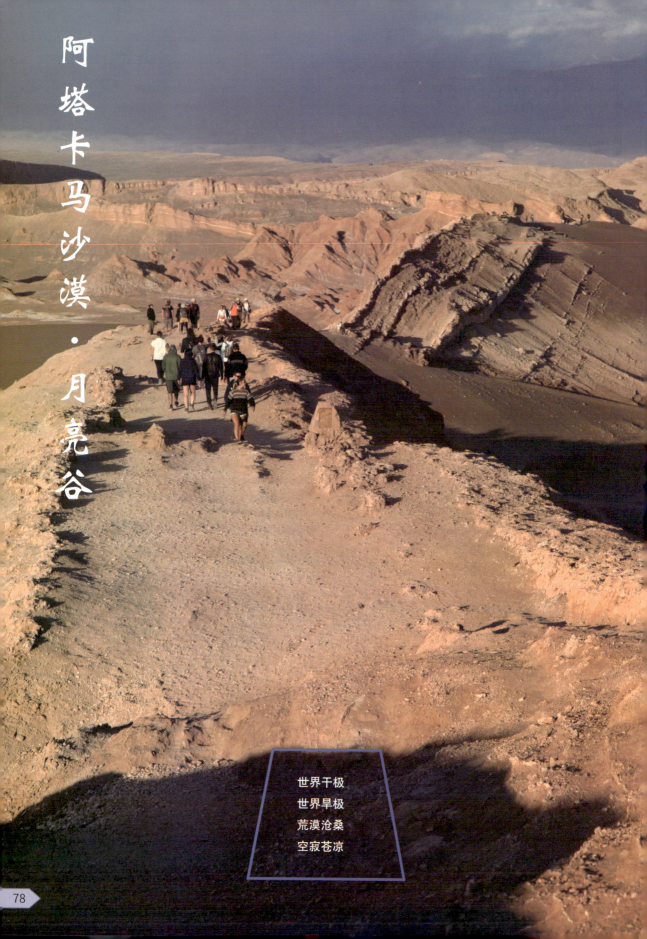

阿塔卡马沙漠·月亮谷

世界干极
世界旱极
荒漠沧桑
空寂苍凉

智利小巴把我们送到阿塔卡马小镇，三天两夜的玻利维亚阿尔蒂普拉诺**高原游**圆满结束，智利阿塔卡马**沙漠游**拉开序幕。

入住一家民宿，价格较高，条件还好，女房东服务热情，一条黑狗也特别殷勤。

下午去主街换汇，遇一对跨国组合的夫妇，老外丈夫说一口流利的中文。他们热心带我去一处换汇较好的地方，并以智利比索换美元的汇率换了我 50 美元，很热心豪爽。

阿塔卡马沙漠被称为"**世界干极**""**世界旱极**"，年平均降水量小于 0.1 毫米，1845 ～ 1936 年的 91 年间滴雨未下，是世界上最干燥的地方。据说，那里的空气最通透，是观天象的最佳地点之一。月亮谷是此沙漠中最为背包客追慕的旅游胜地，曾上榜"世界最奇怪的十个旅游景点"之一。其地表**荒漠沧桑**，**空寂苍凉**，不像地球，而更近于月球，被科学家称为"地球上最接近月球的景色"，故而得名"月亮谷"。它滴水不存，寸草不长，是了无生机的不毛之地，但它却有奇异的色彩和丰富的地貌。山峦、沙丘、盐晶、岩塑，多样组合，把荒凉的"月亮谷"竟装扮得别有风采，看点多多。住在我隔壁的一个日裔美籍老妇人，一个劲地赞叹：漂亮。

又约上了广州两个美女同行，一起游月亮谷，真好！和她们在一起，很开心，真希望能一直玩下去。

刚进入月亮谷，就被暗红的色彩和奇特的地形深深吸引。旅游小巴停在**谷口**，这里可以看到风雨冲刷出的山的皱褶，深灰的、酱红的，沟壑连排，诉说着漫长的演变历史。走上坡顶，看到周围平坦的荒漠和远处的雪山，景色开阔大气，一种雄浑豪放的壮美。

真好！注意休息。

2020 年 2 月 2 日 04:52

这才叫荒凉啊！

2020 年 2 月 2 日 08:12

走进**第一个观景点**，站在高处，俯瞰谷底地貌，如同观赏一个巨型沙盘。微型的山岭群峰，土塬高地，沟谷野径，沙漠盐滩，辅之以盐碱扮成的残雪，简直一个形神兼备的地貌展台。仅百米方圆的谷底，居然有如此丰富真切的地形地貌，你不能不由衷赞叹**造物主的妙手神功**。

接下来去看月亮谷里的**岩塑**，它在景区的尽头。沿途，道两侧的盐晶在阳光的照射下，闪闪发光，仿佛地面和岩石镶嵌着无数宝石，给枯燥荒芜的地面平添了珠光宝气般的奇异色彩。

月亮谷的标志岩塑，是三个塑像共坐在一个底座上。小汤老师立刻说出，右边是条讨巧的狗，中间是衣袂飘动的张果老，左边是只往上爬的蟾蜍。嗯，非常形象。导游在讲解时，说中间和右边的两个是在祈祷的玛丽亚。为更清晰易懂，他让两位女游客做动作加以演示。不同文化，不同解读，有趣！

我在途中抓拍到一个塑像，很像峨冠博带、饮酒赋诗的李白。

这里的岩塑，是盐岩经风雨雕刻而成，说不上有多美，但**横空出世、兀立谷中**，十分神奇。

月亮谷看落日，是此行的重头戏。夕阳洒下柔和的暖光，为暗红色山谷镀上了一层亮红的光彩，眼前景致立刻明艳起来，熠熠生辉。

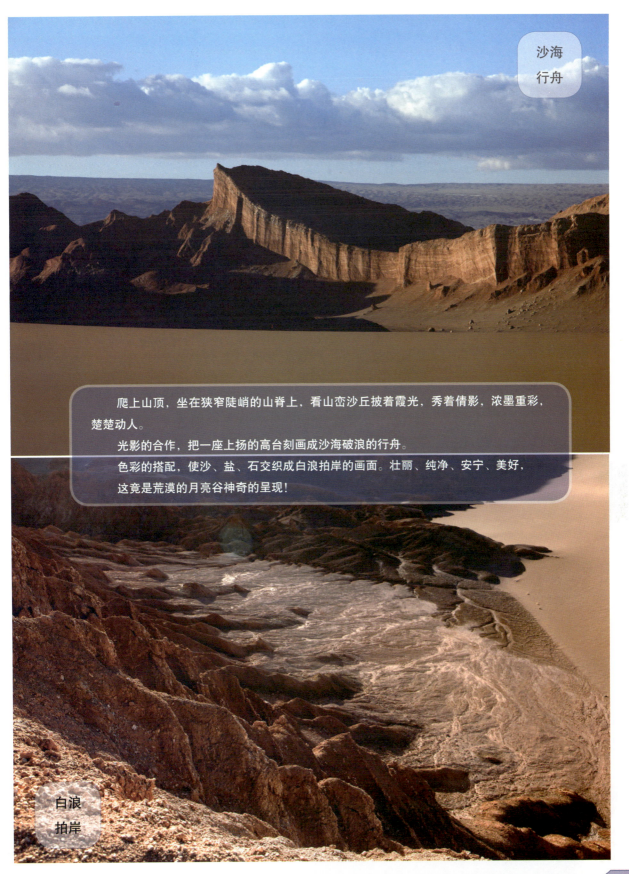

沙海
行舟

白浪
拍岸

爬上山顶，坐在狭窄陡峭的山脊上，看山峦沙丘披着霞光，秀着倩影，浓墨重彩，楚楚动人。

光影的合作，把一座上扬的高台刻画成沙海破浪的行舟。

色彩的搭配，使沙、盐、石交织成白浪拍岸的画面。壮丽、纯净、安宁、美好，这竟是荒漠的月亮谷神奇的呈现！

美哉，月亮谷！——壮美、奇美，沧桑豪放，震撼之美！

三条祖孙三代的狗，特别乖巧，搭爪低眉，讨人喜欢。但导游不让它们跟随上山，撵下去一只，而另一只独自上山，闭目静静地趴守在山顶的标志碑前。莫非是月亮谷的守护者？看着好感动哟！

爬坡，略感吃力，右脚踩盐粒后，微肿，踩地还有痛感。下山，从软沙地走上硬石地，准备不足，病弱的右脚再次受伤，只听脚踝上方的小腿嘎嘣一声，不知是哪儿出问题了。

司机，一个梳着卷发的马尾辫，皮肤白皙细腻，脸部线条柔和秀美的小伙子，和粗壮阳刚的中年导游截然两类。他长得像女性，一颦一笑也像女性，一路上静静地走在队伍的后面，默默地关照着游客。其细心的动作也像女性，温和柔软，让人心暖。晚上回程把我送回旅馆，他始终是面带微笑，默不作声，真是一个外秀内美、沉静体贴的好小伙！

两位美女游伴一直送我进房间，安排好明早的行程后，才步行回到 40 分钟路程之外的营地。啊，此次出游好运连连，遇到两位美女游伴，是我又一大福分，真心感谢她们！

爬山

看落日

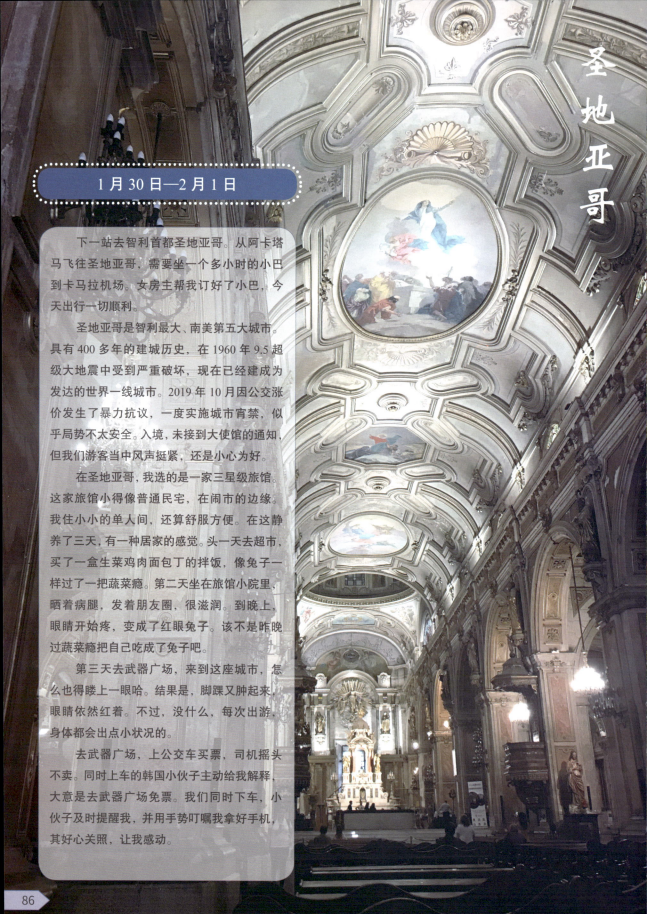

1月30日—2月1日

　　下一站去智利首都圣地亚哥。从阿卡塔马飞往圣地亚哥，需要坐一个多小时的小巴到卡马拉机场。女房主帮我订好了小巴，今天出行一切顺利。

　　圣地亚哥是智利最大、南美第五大城市。具有400多年的建城历史，在1960年9.5超级大地震中受到严重破坏，现在已经建成为发达的世界一线城市。2019年10月因公交涨价发生了暴力抗议，一度实施城市宵禁，似乎局势不太安全。入境，未接到大使馆的通知，但我们游客当中风声挺紧，还是小心为好。

　　在圣地亚哥，我选的是一家三星级旅馆。这家旅馆小得像普通民宅，在闹市的边缘，我住小小的单人间，还算舒服方便。在这静养了三天，有一种居家的感觉。头一天去超市，买了一盒生菜鸡肉面包丁的拌饭，像兔子一样过了一把蔬菜瘾。第二天坐在旅馆小院里，晒着病腿，发着朋友圈，很滋润。到晚上，眼睛开始疼，变成了红眼兔子。该不是昨晚过蔬菜瘾把自己吃成了兔子吧。

　　第三天去武器广场，来到这座城市，怎么也得瞄上一眼哈。结果是，脚踝又肿起来，眼睛依然红着。不过，没什么，每次出游，身体都会出点小状况的。

　　去武器广场，上公交车买票，司机摇头不卖。同时上车的韩国小伙子主动给我解释，大意是去武器广场免票。我们同时下车，小伙子及时提醒我，并用手势叮嘱我拿好手机，其好心关照，让我感动。

早有耳闻，南美国家社会治安较差，抢手机、偷钱包，时有发生。中国游客遭此不幸的绝非个案。

正因为这点，我没去最乱的巴西。在所游览的四国里，做好充分准备，处处小心。上街、逛景不用单反相机，手机和小相机挂在脖子上，多一层保险。还好，目前一直顺利，而且运气不错，一路上都遇到了好心人。

智利是南美富有的发达国家。进入**圣地亚哥大教堂**，里面厚重巍峨，气宇轩昂，可见历史悠久、国力殷实。

里面可以照相。

一个龛室里有主教和男孩的塑像，是座纪念碑。一间忏悔室里有教父在工作。先有一个衣着随便的中年男子，趴在教父对面的开放窗口，好像在闲聊。接着，一个体面精神的年轻人虔诚地跪在忏悔窗口，隔帘向教父开始了认真的忏悔。

正门旁边的一个侧殿正在讲经布道，神父或讲或唱，声绕屋宇，韵味悠长。走了不少的教堂，这还是第一次亲眼看见以前文学和影视中所描绘的宗教（法事）活动，真开眼。

记得30 年前，走在莫斯科的一条街道上，路边的一个小教堂传出非常动听的男中音的歌声，我像中了勾魂术一样，被歌声吸进了小教堂。教堂里真正的济济一堂，人员爆满。我想挤进去，看看里面的情形，但被小过道里的信徒们用严厉的目光推了出来。那歌声太美妙了，真有一种融化心灵、穿透灵魂的魔力。我不信教，也不懂歌词唱的什么，但却觉得这是来自天堂的歌声，是让灵魂充盈着圣光、轻盈起舞、升腾仙界的神曲。我听说过教堂里有唱诗班，可是，这么高水平的独唱是怎么回事，搞不懂。

今天，目睹神父边唱边讲，似乎明白，讲经布道也可以唱着来呀，这也是诵经的一种形式？

教堂音乐，空灵而悠远，易于唤起灵魂的共鸣和感动，有一种净化、升华的欣喜体验。

厚重巍峨
气宇轩昂

智利前哥伦布艺术博物馆
（2月1日）

　　走出大教堂，无事可做，又不能远行。遇到智利前哥伦布艺术博物馆，顺便进去看看吧。门票不便宜，馆内布置得很好，环境优雅舒适。漫步在拉丁美洲风格的艺术品之间，开眼界，长见识，享受着艺术美的熏陶。

　　这是一个建筑师兼古文物收藏家在智利政府的支持下，于1981年建立的博物馆，致力于前哥伦布时期古文物的研究与展示。展品有木雕、陶器、金属饰物和各种工艺品，拉美风格特色鲜明。因语言障碍，无法了解作品的时代背景和文化蕴涵，只能借助翻译软件，半猜半想地推测作品的主题寓意、功能属性，弄懂了，欣然一笑；弄不懂，只好苦笑。

　　人物雕像，"喂奶"造型朴拙、手法简易，但人物的动作神态耐人寻味。"**面具**"比例匀称，风格写实，但两颊一凸一凹，不知何意。总的感觉，前哥伦布时代的人物雕像，与拉美图腾雕塑的夸张、变形以及图示风格，有某种亲缘关系。

　　工艺品有意思。金碗玉器可见当时的工艺水平。让人感兴趣的是各种造型的水壶。与现在的水壶一侧把手、一侧壶嘴的造型思路截然不同，它们的壶嘴和提手在一起，使用时得两手像拎水桶一样倾倒。这些水壶的造型多样，工艺考究，制作精美，是名副其实的工艺品。可是，看到"**水壶**"的标题时，我就纳闷了，为何要把简单的事物如此复杂化呢？这是古人的审美取向和艺术追求，还是当时生产设计水平的艺术再现？一根筋挑着一个头的是《**奖杯**》，莫非扬头是胜利的得意？这大概是现在人物造型奖杯的鼻祖。那个对眼龇牙的小怪物是《**牺牲品**》，或许它是祭品吧。

　　似懂非懂，胡乱猜测；不懂装懂，自得其乐。

　　……

　　回旅馆的路上看到年轻人在广场跳舞。他们两人一对，舞步轻快，就像脚下有弹簧一样。个个面带笑容，跳得开心快乐。看着他们青春洋溢，活力四射，不禁心生羡慕，感慨良多。

　　在圣地亚哥，本该去智利著名的首都公园——**圣母山**，去浪漫艺术的波西米亚文化小城——**瓦尔帕莱索**。但为了养脚，不耽误南极之行，也都放弃了。如果我也像跳舞的年轻人一样精力充沛，就不会是这样的结果啦。

蓬塔—阿雷纳斯（2月2日）

从圣地亚哥飞蓬塔—阿雷纳斯，是为了在蓬塔租车，自驾前往百内国家公园。在订百内的住宿和租车时，发现贵得离谱，得不偿失。于是，决定放弃自驾，跟团游。但去蓬塔的机票和住宿不能改，还是得花钱走一遭。

蓬塔位于智利的最南部，是世界最南端的大陆城市，隔着麦哲伦海峡、火地岛与南极遥遥相望。故有名号：天涯海角、世界尽头、南极门户等，其偏远可想而知。

蓬塔是智利南极区和麦哲伦区的首府，是世界最南端的自由贸易区，它的国际机场是南极科考的一个跳板基地，它的港口也是进入南极的门户，其重要不言而喻。

抵达蓬塔时，天气阴暗，细雨绵绵，感觉阴冷。敲开民宿的大门，一对正在进餐的中年夫妇接待了我，告诉我下午才能入住，现在可以在厅里坐坐。我以为他们是房东，问及怎样买去纳塔莱斯港的巴士车票。他们马上推荐我搭其朋友的车去汽车总站，自行购买车票。

虽然很费事，但总算买好了车票，有了经验，以后自己头票就踏实多了。

淋着零星小雨，漫步市区。先走了一趟麦哲伦广场，再沿着纳塔莱斯港滨海大道散步，感觉体力、脚力都有增强，信心恢复，心情开朗。

滨海大道人影稀少，海面阴沉，略显冷清，但也绝对清静。岸边一座海的大型石雕纪念碑，应该是这座港口城市的荣誉标志。美人鱼吹响胜利的号角，是在庆贺海上驶来的开拓者和建设者吧。

1520 年，环球航行的航海家麦哲伦曾经在这里停泊过，为此，这片区域被称为麦哲伦大区。16 世纪后半期，开始尝试建移民点，直至 1843 年智利政府成功建立起第一个定居点。随后，作为犯人和行为不轨军人的流放地，逐渐形成规模。后来，随着羊毛业和金矿业的发展，这个城市进入繁荣期。

现在，作为麦哲伦海峡的重要港口，南美大陆南部商业、服务、交通和历史文化的中心，这座城市的发展和船、和海密切相关。可以说，这座海的纪念碑浓缩了这座城市从无到有、从小到大的历史业绩，是这座城市骄傲自豪的丰碑。

在海边，看到废弃的栈桥桥头静立着一群鸬鹚，不禁想起在新西兰见过的同样景色。看到旁边停泊的豪华游轮，不由想起在美国两次乘船的经历。睹物思事，浮想联翩。看着滨海大道旁边的棋牌桌、篮球场、滑板场地，想象着自己在对弈，在投篮，在滑板。这样的环境，这样的条件，多惬意，多好玩呀。年轻时的我，要能遇到这样的情景该多好啊……就这样，走着，看着，想着，沉浸在神思飞涌、梦想回甘的陶醉状态。

开拓建设的丰碑

大海纪念碑

市政公墓

这是蓬塔市评分最高的景点。天色还早，去看看咋样，果然令人流连忘返。

按导航找公墓，说是到了，却不见踪影。正在团团转时，一个漂亮姑娘邀我坐她家的车，送我到了公墓。天下的好人都让我遇上了，真是福星高照呀！

走进公墓，被精美的建筑所震惊，徜徉其中，好似博览建筑艺术博物馆，被各种风格的建筑美深深地吸引着。各种墓室、墓碑设计，布置得温馨可人，仿佛另一个世界依然美好，逝者灿烂的笑容也让人会心愉悦。

2020年2月3日 10:34
这是墓地吗？不，真正的凝固的诗！凝固的音乐！

普通的墓葬简单一些，但也有个性特色。一个墓碑前面的长条池子里，对角线的布局，摆放着多半的翠蓝、天蓝、深紫的花，地上撒放着翠蓝的小碎石，独特的蓝紫色调，非常突出，看出墓主对蓝紫色调特殊的喜爱。对角线的相对角，放着一束包着玻璃纸的康乃馨鲜花，非常有情调，你能感觉到生者与逝者之间**深情的对话**。

一个墓碑前面的池子里插满了五颜六色、光鲜耀眼的手工制作，墓碑的窗盒里也摆满了手工制作，看来，这是一个手艺人的家族，对手工艺品，有着**深深的喜爱和满满的自豪**。

一个石质的整体墓碑，比较讲究。整体的棺椁石盖，顶头立着房屋状的石碑，侧面立着院墙样的墓墙。石盖上摆放着逝者帅气的彩色大照片；石碑的窗盒里摆放着逝者年轻时帅气的黑白、彩色小照片；窗盒的上方，十字架的圣子背负着一簇紫色绢花，一左一右挂着心形和鸽形的墓牌；墓墙上插着两大束鲜花，花筒里放着漂亮的包装纸。窗盒上，墓墙上，墙角里，摆满了大大小小爱神的雕像，能够感觉得到逝者被浓浓的爱意包围着。猜想，墓主生前大概是个情圣，虽升天堂，但依然被俗界深深地**眷恋**、**痴情地爱慕**着。

——看着墓室墓碑的个性造型以及祭品饰物的独特风格，猜测着墓主生前的职业爱好，以及后人对前辈的尊重和热爱，一个个活生生的形象和温情脉脉的情感世界浮现眼前。你会觉得，这墓地不是炫富猎奇，不是冷冰冰的摆设，而是生死、阴阳两界的一种沟通，一种有温度、有感情的寄托。陈设一种饰物，设计一种花圃，选择一种色彩，创意一个造型，都有热情，都有深意，都有心血的灌注，这怎么会生死相忘，怎么能不心往系之，绵延永世呢？公墓里多为家族体式，试想，这该有怎样的家族凝聚力呀。

我看得很细，感受颇多。回到旅馆，拿出照片，询问上午接待我的那对中年夫妇，为何有墓室遭涂红，是否有人对逝者不满？答曰：不知道，可能吧。这个墓室位于公墓进口的显眼位置，出现这种现象令人惊诧。墓文上的年代和涂红的红手印，让人联想到了战争。还有个墓碑，是一只雄鹰站立在一颗大炸弹上，下面拥立着四颗小炸弹，显然也与战争有关，逝者或许是个战斗机飞行员。有的墓地摆放着一只船锚，估计逝者大概是个海员。

总之，墓室墓碑在讲述着历史的故事，同时也在表达着后人的情感，无论是反战的还是赞美的……

和中年夫妇闲聊起来，才知道他们是来自德国的游客，每年这个季节来这里度假。丈夫说：你不会英语，也不懂西班牙语，一个人出来旅游，太勇敢了。我不知他是在夸我，还是委婉地表达给他添了麻烦。因为我把他当成了房东，请帮忙，问问题，直截了当。不过，西方人比较直爽，他的夸奖大概是善意的。看到他们健硕的身材，随意的着装，每年不远万里，来这个极普通的民宿，兴致勃勃地做饭，热火朝天地进餐，真是既羡慕又不能理解。这和我们的旅游即观光完全是两股劲。我们什么时候能真正转变观念，也玩这种优哉游哉的度假式旅游呢？

沿途风光

前往纳塔莱斯港
（2月3日）

坐上午 10:00 的巴士前往**纳塔莱斯港**，此港位于蓬塔—阿雷纳斯的西北部，从那去智利著名的百内国家公园，然后去阿根廷著名的埃尔—卡拉法特国家冰川公园。

网上说，智利南部荒凉难行。没想到，这一路不仅路况良好，而且景色非常迷人。白云缱绻，草野辽阔，前一段沿海看海景，后一段奔驰在草原旷野，有种海阔天空、任我翱翔的放飞之感。

智利的长途巴士，中途有上下车的站点。候车亭小巧精致，不管有无候车的乘客，车长都会停车，到候车亭里履行某种手续，运行非常规范。我坐的这班长途巴士和中国的一样，没有车餐和厕所，有就餐、如厕的定点停留。座位宽敞舒适，客舱和驾驶舱隔开，很安静，很舒服。

蓝天，白云，碧水，绿野，美不胜收，看不够啊！

长途巴士候车亭

纳塔莱斯小镇

　　纳塔莱斯是去往百内国家公园的必经之地，是出行的补给站和出发点，参团、自驾、徒步，都得在这里做好准备。

　　小镇不大，但山水相依，云天变幻，景美如画！

　　我住的位置特别好，出门望景，很享受！

　　远处的山水云天铺开非常漂亮的自然风光背景，眼下的民房建筑五彩缤纷，明净亮丽，笔直的街道向远处延伸……静静的，美美的，一个童话版的美丽小镇。

　　入住民宿。休息片刻后，找了一家海鲜馆解决肚子问题，吃了一顿又贵又不好吃的午饭。然后去找观光百内公园的旅行社，去买到埃尔卡拉法特的巴士票，语言不通，找得费劲，订得很吃力，还好，服务人员挺耐心，帮我一一搞定。

　　买好明天中午的午餐，回到旅馆，男主人告诉我，答应我再住两天的房间没有了，我还得另找旅馆。这家旅馆booking网打分挺高，服务态度很好。估计我应该在她们答应时马上上booking网续订，否则，就会被别人在网上订走。这是教训。

童话
小镇

早上 10:30 来车接去旅游。到巴士车站，给我换了个车。导游非常热情，拼命地说着卷舌打嘟噜的英语，一句也听不懂。今天一路上都被这种热情鼓噪得头脑发蒙。旁边座位上的大男孩有意帮我，一路上，他和妈妈一直关注着我，告诉我信息。虽然听不懂，但能通过肢体语言理解大概意思。旅游结束后，大男孩要跟我合影，欣然同意，只可惜没顾上用我的相机拍上一张。我挺感谢这个大男孩的。

回过头想，南美诸国的导游、车长、推销员等，说西班牙语，个个都是口若悬河、滔滔不绝，语调柔软轻快如同唱歌。但这歌声没有换气符和休止符，听着听着，我就感到憋闷，替他们导起气来。时间一长，憋得难受。我猜想，说西班牙语的人容易成为歌唱家，听不到换气，好像一首歌一口气唱完，也是绝技呀。

今天出游的第一站，是**蓬塔—纳塔莱斯的水边标记**。一个露出地面的五指雕塑，一个地名标记牌后面达氏磨齿兽的雕像。五指不知何意，兽像与米洛顿史前洞穴有关。

出游的第二站，是**米洛顿史前洞穴**。看图示得知，此洞穴为海水冲刷而成，高 30 米，深 200 米，宽 80 米。1895 年一个法国人在洞里发现了一万多年前生活于此的达氏磨齿兽的骨骼和皮毛，洞穴以此（Milodon）命名。洞前有达氏磨齿兽的塑像。此磨齿兽为巨型地獭，体长 2.5 米，重 3 吨，一万年前曾栖息在智利与阿根廷南部交界的巴塔哥尼亚，是南美洲有史以来最大的陆地哺乳类，早已灭绝。其骨骼现存大英博物馆，智利政府一直在追索这个磨齿兽的骨骼回国。

洞穴很深很大，游人如蚁行。走在里面，如同在半封闭的空间里翻山越岭，昏暗、神秘、空旷、新奇，有种外星探险的小小刺激。

米洛顿史前洞穴

百内国家公园

百内国家公园位于智利的南部，安第斯山脉南端。有湖泊、山峰、冰川、瀑布。据说，景致精美绝伦，是智利的仙境，"世界最具视觉吸引力的地方之一"，曾被美国《国家地理杂志》评为世界 50 个必去的景点之一。

第三站，**百内国家公园**。这是今天的重点项目。导游心细，安排韩国小伙坐副驾位置，我坐在车门口。小伙拿着长焦头的大相机，坐在副驾再合适不过了。我没亮家伙，让我坐在导游的位置，方便我上下车。走起来才发现，我的位置非常尴尬。景观都在车的左侧，我坐在右边，看不到也拍不成。看来，今天的观光要大打折扣了。我用小相机拉长镜头，从司机的肩膀上，从对面游客的小窗口抓拍，拍到什么算什么，只能如此了。

据说，百内是世界最好的徒步游览地之一，只有徒步游，才能真正看到绝佳的美景。此次南美之行，我最期盼、最渴望见到的就是百内，极想见识一下南半球南部的绝美风光。可惜，我这把年纪、这个体力，不敢尝试徒步游，一个人租车自驾也玩不好，最后只能选择跟团游。而跟团游只有大半天时间，走马观花而已。况且，马不好使，眼不好用，就只剩下遗憾了。若能练出个好身体，结上些好伙伴，真想再来百内，尽兴地徒步一次，把百内美景看个够。

今天，天公也不作美，昨天晴天，今天游完回程也是晴天，单单游览时是阴天。山无光，水少色。不过，百内依然挺美。

在百内，其群峰竞秀，是为主唱；湖水碧蓝，是为衬托。今天阴暗，湖水烘托乏力，但群峰黑岩披白雪，线条清晰刚劲，有刀劈斧凿的雕塑感。其峭拔挺秀，身姿巍峨，十分有视觉冲击力。

群峰竞秀　巍峨峻峭

　　观光路线基本上围山转，哪个角度都相当精彩，迷人眼球。仔细观看，不仅山形奇异险峻，成角，成尖，成塔，成林，姿态俊美；而且山色瑰丽多变，云遮雪盖，或醒目，或朦胧。更有层岩变色，有如彩色花纹的摩天奇石或是多面晶体的稀世珍宝。真美呀！

　　山形奇特，气势雄伟；披雪戴雾，仙气十足；色泽典雅，风采迷人……

　　我们来到一个客服点午休。客服点的后面有一处观景点。走过吊桥，穿过小树林，眼前一片平坦的沙滩。走到湖边，看湖中的浮冰，看最接近的山峰，感觉着宁静、纯洁、开阔、雄壮……

壮哉·奇哉·美哉·叹为观止

午休后，来到百内公园誉为观景佳境的**裴欧艾湖**。湖水晴天湛蓝，阴天碧绿。对面拥湖而立的群峰形影清晰，尽显风姿。行车中，导游提醒游客看碧绿的湖水。但只能看一眼，拍不到。等到观景点时，湖水已不再碧绿，而是反射阴云的灰绿色了。

接着去看**百内瀑布**。两处瀑布，一大一小。一个近在脚下，一个远在水一方，不知哪个为大，哪个为小。眼前的瀑布落差不算大，但水急，流速快，水花翻飞，水雾飘洒，站在迎风处，会水雾拂面，也会湿了镜头。

在瀑布观景点，可以看到百内的标志景观——著名的**百内三塔**，但只能隔河望其背影，只有徒步者才能看到它正面的尊荣。三塔笔直挺立，山形陡峭，山峰尖锐，似利剑直指苍穹。若能徒步至山脚下，仰视一定很震撼。

裴欧艾湖

导游收了我和韩国小伙的护照，盖了一个三塔图案的百内公园入境章。

踏上归程，路遇一只靠近车门的羊驼，还看到远处山坡一群沐浴着夕阳的羊驼。1978年，联合国教科文组织把百内公园列为**"世界生物圈保护区"**。这里的野生动植物品种应该很多，而我们只看见了羊驼。

在瀑布景点，天已放晴。回程的路上，湖泊河流在夕照之下，翠绿闪光，非常漂亮。然而，车速很快，车窗贴膜较深，终究未能拍到那美丽的水色。

百内三塔

瀑布

纳塔莱斯港口（2月5日）

昨夜发现旅馆的暖气是燃气的，怕不安全，关掉了暖气，结果冻得一夜不得安眠。今晨起来感觉不爽，脚又肿起来，又恢复跛行了。

为花掉手里的智利币，去了趟超市，顺便去码头走走。

街上只有修建和绿化的工人在工作，不见闲散人员的影子。街道安静而又整洁。边走边欣赏路边的房子、院子、花草树木，倒也挺惬意的。一条主街非常宽，双车道之间有个宽宽的步道加休息区。走累了，就可以在围成一圈的石椅上歇歇脚。感觉很舒服。

走到一个高台，可以眺望雪山、湖水和民居，景色秀丽如画。

走到**码头**，一个豁口临近水边，可以看到水鸟、船，还有一个塑像。塑像是圣保罗，渔民的保护神。想进大门看看另一面的风景，遭到阻挡。

回到旅馆，疲惫不堪，与昨日状态判若两人。房主老妇人邀我喝咖啡，也懒得动弹，懒在床上，昏睡不起。睡足后，感觉好多了。

明天，将要坐长途巴士前往阿根廷的埃尔卡拉法特，去看冰川。

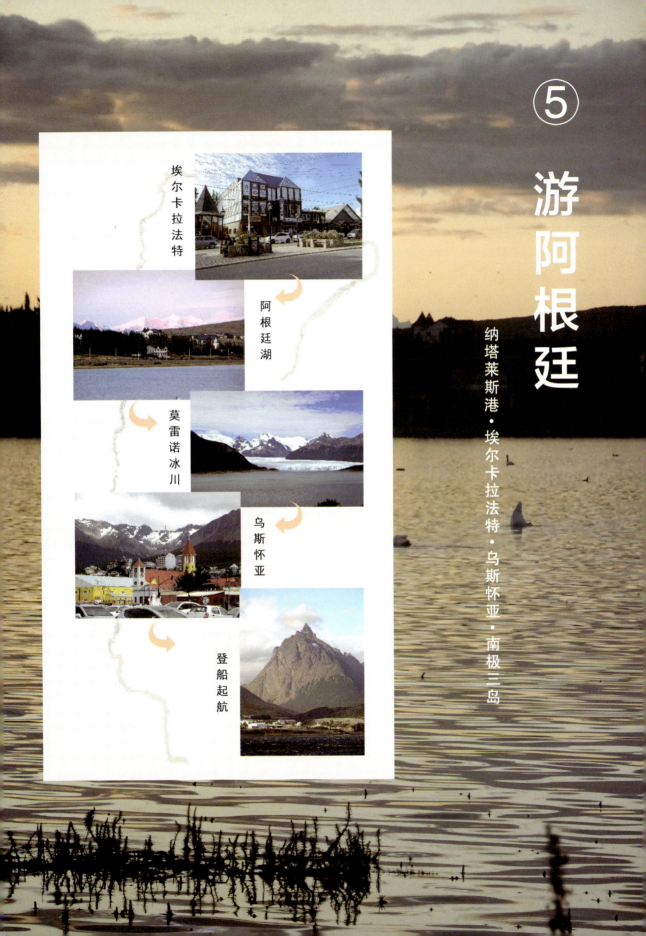

⑤

游阿根廷

纳塔莱斯港·埃尔卡拉法特·乌斯怀亚·南极三岛

埃尔卡拉法特

阿根廷湖

莫雷诺冰川

乌斯怀亚

登船起航

埃尔卡拉法特是阿根廷冰川国家公园入口的一个小镇，靠近智利。坐巴士前往，是最近最便利的路线。

离开智利的纳塔莱斯港时，路上还有雪山、海水，景色宜人。过境到了阿根廷，走了一段砂石路（秘鲁和阿根廷都不修过境的柏油路，只有智利的路况很好，不知是经济原因还是观念问题），就上了一条漫长而又乏味的公路。这里大漠荒丘，绵延不绝。打个盹儿，睁眼一看，还是这样；再打盹儿，再看，依然如故。偶尔发现荒野里有羊驼，于是，提起神来，想方设法抓拍。

下午2点，本该是到达的时间，依旧茫然不见目标（过口岸颇费周折）。突然，前方出现断崖式的阶梯地貌，有开阔平坦的原野，尽头则是蔚蓝的湖水。那就是有名的风景小镇——**埃尔卡拉法特**。

内华达雪山酒店

阿根廷湖

这是我此行陆地上住得最贵的酒店。条件不错，风景很好。从房间露台看外景，绿树草坪，山水云天，很爽目。酒店离阿根廷湖很近，晚饭后去散步，看落日，看水鸟，很休闲舒适。

冰川国家公园・莫雷诺冰川

冰川国家公园是阿根廷的第二大国家公园，1981 年入选世界自然遗产。它有安第斯山脉附近 47 处巨大冰原，面积规模仅次于南极大陆和格陵兰，居世界第三，是非常热门的冰川旅游胜地。

游冰川国家公园(2月7日)

这次游冰川决定不跟团，自己坐汽车总站的班车前往。结果发现，巴士班车也是团游的一种，车长兼导游，介绍停车的站点和活动时间，只是不陪游。也好，省得操心了，按巴士旅游安排的路线走吧。

冰川公园有两大湖，其中**阿根廷湖**是这个国家最大的湖，最负盛名的莫雷诺冰川位于此湖中。

班车出小镇就一直沿着阿根廷湖前行，一路上风光无限。原野，山丘，湖水，小房，在蓝天白云的映衬之下，神采焕发，构成一幅幅色彩绚丽的油画。雪山在远处闪闪发光，洁白亮丽，令人怦然心动。班车停在路边的一个小坡旁，让大家远眺雪山，安抚一下激动的心脏。在这里遇到了一伙来自美国的包车游的国人，请他们帮我拍了张照片。在南美，遇国人不易。听到乡音，倍感亲切。

买票进园，湖光山色更加迷人。在第一个观景点，观看湖对面山峦之间，**莫雷诺冰川**浩浩荡荡，排阵而出。好像无数个身着白盔白甲，手执白剑白戟的士兵汹涌如潮的行进队列。

世界遗产

看一个图标得知，莫雷诺冰川高 50～55 米，长 14 千米（网上说：高达 20 楼层，绵延 30 千米），它有二十万年的历史，是世界上少有的活冰川。

它每天向前推进 30 厘米，同时，每天时不时地发生"冰崩"，轰然震耳，堪称奇观，引人驻足凝望。

紧接着，走下观景台，在下面的小码头买票乘船，**坐船看冰川**。

水面上，平视近 20 层楼高的冰墙迎面耸立，仿佛穿越到了另一个世界。

冰峰嶙峋，峭立如笋，密集如林。冰缝里闪烁幽幽的蓝光，如冰体里燃烧着蓝色的火焰。仔细看，还有冰造型，有圆洞，有斜桥，有鸟落岩石……这是一个神奇、神秘、纯净而又多姿的冰川世界。

神奇的冰川世界

之后，班车把我们送到离冰川最近的观景栈道，给了 3 个小时时间，自由游览。

踏上木梯，走下栈道。有一小段直降电梯，供老弱病残使用，下去时，无人管理。回来时，有人操控。走进电梯，遭到操作员和两个乘客的白眼，估计他们把我当成蹭电梯的中年人了，有点尴尬。

栈道很长，有三条线，可观看冰川的三个面。能否下到水面，不得而知。因为上上下下需要体力和时间。

这里看冰川，是最佳位置。既可在高处俯瞰全景，也可到下面观察细节。资料说，莫雷诺冰川的冰舌曾经直抵麦哲伦半岛，形成一个冰坝，把阿根廷湖截为两块。我看到冰川离岛最近的地方，有一个雪堆在岸边蹲守，隔着窄窄的水面与冰川相望。不知是不是冰川融断的残部。

俯瞰莫雷诺冰川

冰川最上镜的侧面

冰崩过后

蓝色的火焰在冰缝中闪烁。偶有**冰崩**发生，传出隆隆的响声，并在水面激起白浪，留下一大圈的碎块浮冰。有网友说，能在这里看到冰崩是中彩。我今天中彩了好几次，而且有一个大彩！

这是在一个地方发生多次的冰崩。先是小块冰一连串地滚下，发出响声，溅起水花。接着一大块冰脱离整体，滑落水中，砸出一个大坑，掀起波涛，激起大浪，响声震耳。水面刚刚平静，一个更大的冰块崩塌，轰然作响。水面如遇地震，陡然隆起，剧烈地翻滚着浪花，海啸般地向周边席卷荡涤。浮冰被卷走，砂石被挤出，强大的冲击波引发连锁反应。紧接着，又有冰块滚落，将翻滚的水面再次激起水花，并引得冰川里的融水汩汩流出。观众如看一幕幕灾难片的微电影，为这惊心动魄的壮观景象发出声声惊叹。我则紧按快门，庆幸自己有缘碰上这一难得的机遇。

总之，今天的冰川观赏堪称完美！

大冰崩

 开始的小冰崩

 接着大冰崩

紧接着更大的冰崩

激浪飞溅
轰雷震耳

 又追加的一次小冰崩

冰崩后留下的蓝色创面

2020年2月9日 01:47
啊！不虚此行！好看

2020年2月9日 03:19
太漂亮了！谢谢分享！

2020年2月9日 06:15
冰川很震撼！希望您跟团游，我们看着
也安心！

今早，为赶时间，打出租车去的汽车总站。回程时我问车长，可否中途放我下车回旅馆。答复是不一定。车到旅馆前，司机给我停了车。真好，省下了一段跑路的时间、体力和经济支出。今天，很开心！

在旅馆附近的小饭馆，认真地吃了晚餐。然后，就着兴头，来到阿根廷湖畔看晚景。湖水平静，光线柔和。雁、鸭、鹅们或在草中踱步，或在水中游弋，一切静好。

夕阳西下，晚霞烧红了天空，也点亮了湖面。一对情侣坐在水边的石阶上甜言蜜语，青春的剪影衬在反光的湖面上温馨甜美。

往回走的路上，看到圆圆的月亮爬上山头，清婉素雅。用手举着小索尼相机，居然拍下了她的倩影。记不得在哪个国家哪个城市，看到过一个画着月亮的广告，那月亮中的阴影画得黑乎乎、乱糟糟的。心想，怎么把月亮画得这么丑？在我们眼中，月亮的环形山很美呀。这会儿，看镜头里的月亮，恍然大悟，南美的月亮没有环形山，而是黑影幢幢如桃花绽放。广告画得没错。

静谧、悠闲。 2020 年 2 月 9 日 01:41

美 2020 年 2 月 9 日 02:38

太美了，谢谢分享。👍☕ 2020 年 2 月 9 日 06:08

今天是休养日(2月8日)

自有脚伤始，放缓了游走的脚步。每到一地，玩一天，休息一天。从容裕如，安闲自在。

上午，在旅馆小院的沙发上，喝着茶水，晒着太阳，收发微信，挺安逸。

草坪上，**黄颈朱鹭**的雏鸟在追逐父母，索要食物，很有趣。看到雏鸟把长长的喙伸进母亲的嘴里，真替母亲捏一把汗。

雏鸟索要食物

下午出门走走。

小镇绿化极好。街道上二三人合抱的古树随处可见。一些房龄明显低于树龄的民宅，没因古树挡光而砍树或是躲避。反而安居于浓荫之中，独享古韵遗风的庇护。路边的古树绿荫成盖，坐在石凳上休息，如享凉棚。人行道也是绿色甬道，一种林荫幽径的感觉。

这里的**古树**，大多是松柏类。一种柏树，籽粒饱满硕大，像是一串串挂满枝头的果实，很稀奇。有一种未见过的树，类似松柏。深绿色，叶似钢针刺头，枝却弯柔妩媚。树冠端庄，色彩凝重，线条清晰，刚柔兼备，很漂亮。我曾在纳塔莱斯港抓拍过它，今天特意仔细观察了一下，它的花雅致不俗艳，它的果像绣球，绒乎乎的，很可爱，这种树的观赏性很强。还有一种古树很多见，其树叶像杨树，但形体苍老古朴。树干粗粝沧桑，树围粗大嶙峋，好似挣扎生长的枝干合抱而成。这种树（菩提树？）看上去，更像硅化了的树化石。

2020年2月9日 10:43
这些植物真罕见，看得出，历史悠久！

2020年2月9日 11:49
好养眼呀！

113

信息服务处

教堂

小镇的建设美丽而舒适。一条主街是商贸中心，两侧是简洁美观的小房。餐饮，购物，休闲，订制，非常方便。绿荫掩映之中，小镇优雅，洁净，繁华而不嘈杂，闲适而有乐趣，赏心悦目。

走在主街的林荫道中，还看到简易便利的**客服中心**，简约漂亮的**小教堂**，**小广场**上自娱自乐的年轻人，不知何方神圣的**纪念雕塑**，古树云集的**主题园林**……精神生活丰富多彩，赋予主街气定神闲的高雅气质，丝毫未见旅游小镇嘈杂喧嚣的商业气浪。

主街的拐弯处，有一个钢架梯子，可以爬上八九层楼高的山坡，看小镇全景。先看见两个小姐妹从陡坡上下来。姐姐一路撒欢滚下，玩得很嗨，妹妹则跟跟跄跄走在后面，跌坐，爬起，再跌坐，再爬起，活像滑草摔爬的小熊猫，可爱极了。

站在坡顶，只见绿色的树海覆盖全镇，多好的生态环境啊！意外发现，小镇地貌呈阶梯状。主街的商业区、行政区、游览区、旅馆区都在谷底，民宅则散落在半山高原上、山坡上。公路通达，出行方便。

美丽优雅
气定神闲

今天坐下午的飞机去乌斯怀亚，即将在那里乘船开启南极之旅。

清晨，看到远处的雪山沐浴着朝晖，闪闪发光，立即拿起相机，来到阿根廷湖拍景。雪山太远，在阴云的映衬下，一副粉嫩的颜色，远不是眼睛看到的洁白闪着金光的模样。

上午，为回国防疫情，特意上街买口罩。跑了好几家药店，一无所获。唯有一家店里有方盒式的口罩，做工粗糙，包装也不安全。戴上它，恐怕无用，还挺搞笑。

午饭后，打车去埃尔卡拉法特机场。机场离小镇很远，好像只有阿根廷航班在运行。听说阿航额外收取行李费。但没想到这么贵，要了我2900比索，开了两张单子。

后来弄明白，一张是行李托运费1900比索。一张是行李超重费1000比索。其行李的标准重量竟然是15公斤！这样一来，一小时航程的票价近2000元人民币，是我坐过所有航班中最贵的一个！

飞机升空，告别阿根廷湖，钻上云层，一路都在白茫茫的云海上飞行。到乌斯怀亚，降到云层之下，才看到地面的一些景象。

乌云笼罩的乌斯怀亚，昏暗阴沉，灰色色调。

童话
小木屋

乌斯怀亚小木屋 2 月 9 日

乌斯怀亚位于阿根廷的最南端，也是南美大陆的最南端，名副其实的世界居住的尽头。它与南极半岛仅隔900多千米宽的德雷克海峡，是通往南极大陆的重要门户。乌斯怀亚是阿根廷火地岛省和南极地区及其群岛的首府，旅游业很发达，在这里会碰到一拨拨游南极的华人游客。城市不大，依山傍水，景色秀丽。

在乌斯怀亚，我选择了 booking 网上 9.0 高分的民宿。斗室虽小，功能具备，住得挺舒服。

我住的这条街上，各种造型的小木屋很好看，花草树木伺弄得很到位，仿佛置身于童话世界。

世外桃源啊！

2020年2月11日 06:17

乌斯怀亚街景（2月10日）

　　今天好天，阳光云彩把这世界最南端的小城，装扮得貌美如画。沿着水边散步，看一路风光。远处的雪山，近边的海水，映衬着邮轮，蛊惑得人心激荡，恨不得马上扬帆起航。不知这邮轮中有没有我们乘坐的那一个。

　　沿滨海大道向左走，看到一个规模不大、造型别致的沉船纪念碑，323人遇难。碑后的海域停着一艘巡逻舰和一排巡逻小艇。看上去门卫森严，像是禁区。向右走，是观光区域。大道旁一排白色基座的人物塑像是纪念碑，上面刻着人物的简要生平，供游人瞻仰。水里的土堆旁，一条漂亮的大木船歪在那里，不是停泊，也不见维修，道边的栏杆上有文字标牌，但我怎么也读不懂。最热闹的区域是客服中心，通往各站点的巴士云集于此。

沉船纪念碑

人物纪念碑

码头

沉舟

客服中心

乌斯怀亚很美，走上一个阶梯残破的观景台，看市容海景，如画的美景尽收眼底。优哉游哉，休闲地赏景拍照，真舒服呀。

小镇很美
风景如画

回复赵卓：真的美！
2020年2月11日 06:40

活得像花儿一样绽放👍
2020年2月11日 12:00

真美，就像一幅幅画一样，赏心悦目！
2020年2月11日 22:36

　　下午，沿海湾散步，拍水鸟和野花草，继续享受清静悠闲。尤其是拍野花草时，脑海里回响着"采蘑菇的小姑娘"的旋律，沉浸在森林旷野的遐想之中。

　　水边多水鸟，不怕人。带着雏鸟的妈妈比较警觉，监视着游客的一举一动。

　　这里山美、水美、草美、鸟美、市容也美，真是个休闲的好去处。

　　回到旅馆，边休息边上微信。傍晚，看到窗户射进夕阳柔和的暖光，立即起身，拿出大相机，去拍水面夕照。遗憾的是，夕阳已落，阴云出现。

闲适的水鸟

今天是南极三岛游的报到日，入住船公司安排的旅馆，做相应的准备。

上午休息到11点，该退房了。女主人知道我下午去酒店，告诉我把行李放在厅里，人可以在二楼的客厅休息。我中午去见同船的旅友，男主人特意给了我一把大门钥匙，心里很感动，很温暖。想起昨晚和女主人聊天，我们说到了职业，说到了年龄，她对我一人出游非常赞同。说一个人要处理所有的事情，不容易，但人生就应该做自己喜欢的事。我69岁，她63岁，说我们正是出游的好年龄。只要能走就走下去。她原来是语言治疗师，果然很会鼓励人。午后，我去取行李。女主人非常善解人意，帮我叫出租车，送我上车，给了我一个深情的拥抱。我感动得心里稀里哗啦了。

又想起在纳塔莱斯的民宿，它新上booking网，还没有评分。我一个人住一栋房子。女主人特意从家里住过来陪我，吃喝冷暖照顾得无微不至。临别前聊天，她让我教她使用翻译软件（她没见过，太需要这个和客人交流了），可惜她的手机没安装翻译软件。她看上去，有点臃肿，苍老，手不拾闲地忙活着，其老态龙钟的样子让人心疼。一问，她才63岁。当她知道我69岁时，她说了句："你真可爱。"不知该如何理解。她对我的热心照顾也让我深深感动。她问我还会来吗？我说有机会就来，不过，年纪毕竟大了。对她的热心关照，我连声道谢，而她回答的感谢不绝于耳，她才是我心中可爱的"老妇人"。

由此想起昨天上午出门，在一个院子的阴凉处，一群两三岁的幼儿园孩子在玩耍。他们还站不稳，走不利索，摔个屁蹲儿或是小马趴，一声不吭，爬起来再走。一个瘦弱的小女孩，毛发稀疏，两眼努着，两腿颤颤巍巍，爬小坡向我这边的栅栏走来，真替她揪着心。果然，摔倒了。爬起来，看看我，不动声色地说了句："你好。"这么点的小东西，居然说出这么出人意料的话，让我惊呆了好一阵子，太不可思议了！

感动归感动，去南极是盼望的正事。中午在中国餐馆吃了一顿地道的家乡饭，很可口。然后入住酒店。酒店大堂的大窗太适合观景了，让人坐着不想离开。

独自旅行的收获　2020年2月12日 08:44

感动🙌自由旅行真好🙏你太棒了👍👍我刚发现我是比你小一轮的🙌✌️　2020年2月12日 08:46

您太伟大啊！佩服佩服！景色太美了！您都审美疲劳了吧！👍✌️　2020年2月12日 08:51

好美哟！祝赵姐越玩越顺利，越开心！　2020年2月12日 08:54

赵老师这叫生活🌹🌹，我们这叫生存！😂😂　2020年2月12日 09:01

不同的地方不同的惊喜、好羡慕😊🙂希望将来也有姑姑这样的魄力与机遇去看不同环境认识不同的人　2020年2月12日 10:05

有时旅游中的故事比旅游中的风景更让人感动和记忆久远。　2020年2月12日 12:17

太温暖了，写得好感人呐！　2020年2月12日 11:41

南 极 三 岛 游

⑥～⑧

此次赴南极选择的是南极三岛游，福克兰群岛、南乔治亚岛、南极半岛，行期是 2.11 ～ 3.2，共 21 天，昨天已经集结完毕，今天上午自由活动，下午将登船起航。

世界尽头小邮局

昨晚入住船公司安排的 Hotel Las Lengas，条件不错，观景尤佳。晨起未出屋就又拍了一通周边景色。

早饭后，和船友一行五人，游火地岛国家公园。

火地岛位于南美洲的最南端，北隔麦哲伦海峡与南美大陆相望，南隔德雷克海峡与南极大陆相望。火地岛最南端的合恩角闻名于世，是君临大西洋、太平洋、瞩望南极大陆的战略要地。火地岛的名字来自于麦哲伦探险船队。1520 年船队经过麦哲伦海峡时，看到岛上遍地篝火，就把这个岛称为火地岛。火地岛为阿根廷和智利两国共有。阿根廷在自己的属地上建立了国家公园，是世界最南端的自然保护区。

之前看的游记，得一个大致印象，即此公园为乌斯怀亚必打卡的旅游景点，较荒凉。于是准备前去一眼"火星地貌"。没想到，这里竟是满眼绿色，山清水秀。不过，我们时间紧，路不熟，没能看到公园的全貌，也不知其亮点所在。除了在世界尽头的小邮局和一个山水清秀的观景点停留了一会儿，然后就开始了赶班车的急行军。

我们走在尘土飞扬的大路上

火地岛

公路之上，行车穿梭，尘土飞扬。为避免错过我们的班车，只能在尘土的裹挟中，灰头土脸地前行。早就不能快走，也不能走快的我，忍着胸闷气短，勉为其难地跟在后面，唉，好难哪……还好，我们赶上了班车，如期返回到乌斯怀亚小镇上。

糟糕的体验也是旅游的一种收获和财富。但今天却延续着糟糕的后遗症。本想就近去前天曾经去过的主街饭馆，但来来回回走了几趟，愣是没找到。集合合影的时间到了，匆匆赶去，又弄错了地点……赶到小镇"世界尽头"的标志，合影已散，只好自己留个"独照"了。然后，急匆匆地登船……

火地岛公园的景色不错，我们遇到了露营者和徒步者。时间宽裕的话，应该体验一下徒步游，会有趣的。

乌斯怀亚的观光巴士"**城市列车**"，造型很酷。应该坐它在市里兜一圈，浏览一下市容市貌。

 2020年3月31日 16:40
"糟糕的体验也是旅游的体验和财富"

2020年3月31日 16:43
真是绝地之美，绝美之境！游记也有趣，小挫折往往是回忆的细节依凭，也是旅途的调料！

2020年3月31日 16:45
世界尽头，绝美佳境。👍👍

露营

徒步

再见，20 天后见

这次游南极，选择三岛游的路线，理由如下：（1）此船票优惠到五折，不可错过。（2）还去南极半岛之外的两个小岛，可以看到王企鹅，太有诱惑力了。（3）船上有中文服务，可以获得更好的旅游体验。（4）将在大西洋上航海 20 天，是前所未有的较长日期的航海体验。

下午 4 点多，怀着一点小激动登上了 G Adventures 船。这条船能承载 134 名乘客和几十名船务人员，大小适中，便于登岛。上船后，照例是安全教育和演练，穿救生衣，看救生艇，颇有探险之旅安全第一的意味。

接下来是船员乘客见面会。印象深刻的是，将带着我们乘登陆艇上岸的探险队员们一一自我介绍。白须长髯的大个子，格外引人注目。后面银幕前戴黑色帽子的香港帅小伙，是我心中的天使。他热情地承诺给予语言不通的我以相应的帮助，很暖心。探险队员的表白我完全不知所云，但每人的讲话风格还是很有趣的，虽然这也是过目就忘！

会后，上甲板看岸上的乌斯怀亚。再见啦，20 天后再见！

晚饭，船长宴请乘客，吃得很好，难得的美餐！饭后，去甲板看航程的第一个落日。

哦，一个美好的开端！

登船啦

见面会

 真开眼！ 👍👍　　　　2020 年 3 月 31 日 17:40

 卓妹畅神游，此生无遗憾。虽未赴南极，观图也开眼。　　2020 年 3 月 31 日 18:20

 人生有此一游，足矣！ 👍　　2020 年 3 月 31 日 19:07

海上（2月13日）

今天一天都是海上航行。听专家讲座，讲野生动物，讲福克兰群岛历史，讲摄影入门。有非常棒的留美船友小胡给同步翻译，但印象还是懵懵懂懂的。

上午10点多。鸟专家带听课者上甲板拍鸟，借机会我询问在乌斯怀亚拍的一种鸟。不愧是专家，立刻说出鸟的栖息地，并在一个图册上找出了这种黑冠夜莺的图示，佩服！

午饭后，一大群鸟跟随着我们的船，上下翻飞，纷纷从镜头前滑翔而过，兴奋得我忙不迭地按快门。白色的信天翁羽翼舒展，体型匀称，姿态优雅洒脱，像白色的滑翔机。棕黑色的巨鹱则腹满肚圆，体态厚重，飞来气势汹汹，像黑色的轰炸机。

看了个够，也拍了个够。可惜技术不行，没有满意的收获，傍晚去拍落日中的飞鸟，也一样无功而返。

黑眉信天翁

巨鹱

今天晚餐船方祝贺乘客的生日，很温馨。

起飞

霞光中翱翔的鸟好看👍　　　2020年4月1日 15:23

千载难逢的镜头！　　　2020年4月1日 16:09

拍得很棒👍👍👍🌹🌹🌹　　　2020年4月1日 17:24

海上落日

群鸟追随

⑥ 福克兰群岛

福克兰群岛，即马尔维纳斯群岛，位于阿根廷南端东部 500 千米处的海域。
1982 年阿根廷与英国发生马岛之战，英国获胜，再次控制该岛。

桑德斯岛 · 西点岛 · 基德尼岛 · 斯坦利港

路线：乌斯怀亚—桑德斯岛（Saunders）—西点岛（West）—斯坦利（Stanley）—基德尼岛（Kidney Island）—南乔治亚岛

登岛第一站——桑德斯岛
（2 月 14 日 am）

今天抵达福克兰群岛，开始航程的第一次登岛。

登岛的卫生要求非常严格，每人的防水冲锋衣、防水裤和水靴都得经过严格的检查，不合格者要重新清理。出舱时，还要消毒。回船时，也要清洗消毒，以避免船与岛的交叉污染。

天降小雨，昏暗阴沉。探险队员用登陆艇把我们一一送到岛上。岛上企鹅众多，哇，好兴奋呀！可是，我们必须与企鹅保持 5 米以上的距离！于是，我们只能 5 米之外，或蹲或跪，抓拍可爱的企鹅们。

在岛上的平地，看到一副完整的鲸鱼骸骨，不太大，整齐干净，像是摆放在这里的。爬上岛的山丘，看到山坡上鸬鹚的领地和信天翁的育婴区。鸬鹚和信天翁比邻而居，各自安处。

鸬鹚的幼鸟静静地站在领地上，时有大鸟归来照应。信天翁的幼鸟则静静地卧在窝里，整个育婴区悄无声息。据说，信天翁的雏鸟离开了自己的窝，父母就不再认养。父母只认窝，不认骨肉。是够呆、够笨的，难怪人们称信天翁为"笨鸟""呆鸟"。

企 鹅

鲸鱼骸骨

鸬鹚领地

信天翁
育婴区

金图企鹅

天暗路滑，拍照艰难。相机淋雨，十分心疼。拍不到好片，心里又急！祈求上天，给我们一个好天气，让我们不虚此行吧！

岛上有**四种企鹅**。第一次相见，就给了我们很到位的启蒙。原以为企鹅就是白腹黑背，踱着走路的一副模样。现在方知，它们有明显的种类差异，有不同的体态样貌，辨识并观察它们，非常有趣。就我所知，介绍一下这个岛上见到的企鹅。因相机镜头有水雾，拍得不清晰，很遗憾。

金图企鹅，身高 70 多厘米，红嘴红脚，头上一条护士帽形状的白色头饰，单纯可爱的样子，是这个岛上见到的最大的鹅群。

麦哲伦企鹅，身高 60 厘米，燕尾服上多一条白色条纹，脸上一道大月牙妆容，个头小，呆萌得像个做工不太讲究的玩偶。它们在岛上的数量也不少。

跳岩企鹅，个头更小，身高 50 多厘米，脚蹼很大，估计因此而擅跳吧。最奇特的是它的发型，毛发直直地耸着，呈放射状，就像是发胶定型的耍酷少年。两边长长的帽翅般的白发，很有滑稽感。在岛上只看见这几只，它们闭目呆立，没展示跳岩的本事。

麦哲伦企鹅

跳岩企鹅

2020 年 4 月 1 日 21:51
拍摄的企鹅大可爱了👍👍👍

2020 年 4 月 1 日 21:59
这些企鹅好可爱哟！👍

2020 年 4 月 1 日 22:20
喜欢金杜企鹅和王企鹅🐧

2020 年 4 月 1 日 22:40
太棒了，我们就跟着您的镜头南极游了！辛苦您了！谢谢您🙏🐸

王企鹅

王企鹅，个头高大，身高90多厘米，曲线优雅，身披华贵的黑灰色燕尾服，配戴金红色的领结，顶戴金红色的王冠，细长优美的鹅嘴，上黑下红，绝佳搭配。它们是福克兰群岛最吸引眼球的鹅星。在这个岛上，只见到这小小的一群，被一道绳子围挡在一处，看得出父母们在照顾刚出生不久的宝宝们。

王企鹅的宝宝一身褐色绒毛，圆乎乎的，有人戏称其为"猕猴桃"。它们依偎在父母的脚前，暗淡得难以发现。

群外，一只王企鹅踽踽独行，朝着我们缓步走来。不慌不乱，不躲不闪，不动声色，径自踱步。面对突然涌到面前的相机镜头，它慢慢地站定，默然静立了片刻，又迈着沉稳的步子，缓缓穿行而过。

噢，这是一个阅尽世态、荣辱不惊的老者！望着它弯腰驼背垂老的背影渐行渐远，我的心颤动了一下。

金图企鹅

我们登岛的地点是个海湾，两边就是企鹅玩水的地方。估计这都是刚褪尽乳毛的年轻企鹅，在练习海泳。它们成群结伙，小心试探，既好奇又紧张，神态超级可爱。

陆地上，未褪毛的企鹅宝宝们静立着，用全副精力抓紧褪毛，好赶在严冬到来之前学会游泳，随企鹅大军迁徙生存，否则会冻死在冰封的大地上。企鹅们仰天嚎叫不知何意，是在争吵，还是在呼唤，呼唤出海猎食的父母回来喂食？

大开眼界！ 　　2020年4月2日 06:3

比看科普书起劲儿 　　2020年4月2日 16:5

一只年轻的妈妈在孵宝宝，**贼鸥**放肆地逼视着紧张的企鹅，伺机吃掉它身下孵的蛋。这就是自然界残酷的生物链现实。来自香港的探险队员 Eric 告诉我：这个企鹅蛋即使孵化成功，宝宝也存活不了，因为严冬来临之前，它褪不了毛，下不了海。

一只大宝宝走到标志旗杆前，好奇地端详着，想触碰一下，看到我们的相机在盯着它，便绅士般地姗姗离去。

从登陆点穿过两山之间的平地，走不足 300 米，又是一个**海湾**。宽阔平坦的白沙滩，清澈柔缓的海浪，笼罩在阴云细雨之中，呈现着一种迷蒙幽然的静美。

站在山坡上，远远望见一只孤独的企鹅背影，走入空旷的海水之中。水边，两只企鹅相伴而立，久久不动，站成了两个塑像。我们走下沙滩，它俩才躲开，分散离去。

宝贝，打扰你们了，不好意思。

2. 我可以碰吗？

不虚此行

2020年4月2日 09:22

拍得好，写得好

2020年4月2日 16:34

走下白沙滩，没有了游人，没有了企鹅，一派朦胧的宁静。远远看见几只鸟一字排开，列队走过，不知是训练有素，还是无意巧合，很有纪律性。待有人跟踪时，它们便乱了阵脚。

草丛里突然飞起一群鸟，想是被我们的脚步惊扰的，沙滩立刻活跃欢腾起来。

雨雾低垂，遮住了山头，降下了迷离的薄纱，把沙滩、草丛、山坡晕润成光线迷蒙、色彩淡雅的国画风景。海鸟翩翩飞舞，点亮风景中妩媚俏丽的焦点。

啊，太美了！心跳加速，久久地，久久地不能平静……

迷蒙淡雅
国画风景

岛上还有鸥、雁、鸭和不知何类的多种禽类。自然，最抢眼的还是企鹅。

雄雁翅膀漂亮的卷曲花边，优雅华丽，不同凡响。

 2020年4月2日 16:03
好喜欢图七、八，突然冒出一句歌词"大大的世界，小小的我"

 2020年4月3日 05:4
令人神往

 2020年4月3日 07:3
美极了👍👍👍🌹🌹

我要吃

自己找

我就要

就没有

金图企鹅的故事：宝宝乞食

　　一只企鹅宝宝吃了一次食后，还要吃的，被拒绝。妈妈教训纠缠不休的宝宝，宝宝执意索要。几个回合下来，妈妈突然拔腿就跑，宝宝穷追不舍，直到把妈妈扑倒在地。看着追讨的场面，好笑又好气。这宝宝也太过分了，竟敢欺负妈妈！Eric 解释说，妈妈逃跑，是因为又一个宝宝同时来要喂食，妈妈只能把有限的食物喂给追得上她的身体强壮的宝宝，为确保这个宝宝能够存活下来。哦，原来这是金图企鹅为延续种群的一种养育策略！又长知识了。

　　还有一个身高接近父母的大宝宝，不管父母怎样拒绝，怎样管教，一直纠缠不休，乞食非常执着。而父母的拒绝也非常坚定。我猜测着，这是它们的一种育儿方式、一种经验、一个原则吧。

 好可怜！😢　　　　　2020年4月2日 11:25

2020年4月2日 11:27
 企鹅妈妈狠心而无奈的选择。

2020年4月2日 12:52
长姿势了！👍👍

有趣！　　　　　　　2020年4月2日 16:04

 带故事的拍摄　　　　2020年4月2日 16:31

2020年4月3日 12:30
 强者胜也！天择然也！

福克兰群岛——西点岛
（2月14日 pm）

这是福克兰群岛登陆的第二站。福克兰群岛有世界上最大的黑眉信天翁聚居地。今天下午的项目就是从登陆点徒步到岛的另一端，去看窝在山洼里的信天翁和跳岩企鹅。

天阴湿，路软滑，距离很长，且有起伏，走起来颇吃力。岛上安排了越野车，可以代步。但想到船上活动较少，应该拉练一下了，于是，忍着胸闷，拖着老腿，赘在后面，终于走到了观景点。

山洼临海，乱石成堆。雏鸟和鹅宝宝们卧在石上精致的窝里，和平共处。两侧的野草蓬勃茂盛，密密匝匝，无路可走。人在茂密的草丛中，高高低低、歪歪扭扭地钻行，加着小心也免不了摔跤。好容易走到石堆旁边，又很难找到立足的观赏点。不得不等有人出来，再踏上那空出来的又滑又窄的立足点。噢，宝贝儿，想看你们还真不容易。

黑眉信天翁，上午见过。其细长的黑眉紧压在小眼睛上，一副横眉立目的怒相。它个头不大，但展翼能达2.5米，擅飞行，自不待言。其雏鸟一身银灰色绒毛，干净清爽，像讨人喜欢的布艺玩偶。

跳岩企鹅，上午也见过。我提到它的发型独特，这会儿看到的岂止独特，简直太酷炫、太时髦了。它的雏宝宝也浑身是毛，臃肿得像个圆滚滚的大刺猬。

跳岩企鹅

信天翁宝宝

黑眉信天翁

离开山洼，爬上坡，没有了野草，只有**苔藓**，也挺美。

回程坐越野车，直达**岛上人家**。在这里有下午茶，点心饮品非常丰富。我感兴趣的是，这偏僻冷清、孤独寂寞的小岛，居然有如此现代的家居装备。水、电、汽车、厨房、浴室都和陆地上一样。怎么做到的呢？后来知道，这是一对英国夫妇经营的岛屿。他们每年夏季来岛上，开车，做茶点，接待游客，非常热情。

在等待回船时，小码头来了一对**夫妻鸟**，一只纯白，一只黑纹。刚登岛时听专家说，两鸟之间，漂亮的那个是雄性。可是，哪个漂亮呢？白色的洁白无瑕，完美；条纹的搭配艺术，美丽；难分伯仲。双鸟傍地走，"安能辨我是雄雌"？这个问题一直困扰着我。

岛上人家

136

连环画：《黑眉信天翁的愤怒》

1. 你们是在拍我们的合照吗？

2. 请不要打扰我们

3. 说你呢！还照啊……

4. 我讨厌别人侵犯我的肖像权

5. 怎么还照呢，有完没完！

6. 哎，这么不懂规矩，真拿你们没办法……得嘞，懒得理你们了。

福克兰群岛——斯坦利
（2月15日 am）

  斯坦利是福克兰群岛的行政中心。离岛很远就看见了海上作业的船只，预示着这里有成规模的生产生活的居民区。港口在半封闭的海湾里，岛礁伸出蟹钳一样的臂膀，合成一个开口很小的 C 形，把海湾包在宽敞、静谧、别有洞天的环境之中。这情形更像是一个隘口，一船当道，万船难进。这个群岛现在是英国属地，我们登岛得办入关手续。还好，一只红色的小型海警船，来到等候在口外的我们的船上，简捷地办好了手续，我们便通过"隘口"，进入了类似陶渊明笔下描绘的"世外桃源"。

  上午的活动项目分沿海乘车游和乘车+徒步游。为了多走多看，我临时换成了乘车+徒步游。巴士把我们送到一个小半岛，我们便沿着岛边徒步赏景。

  岛的东边风景漂亮。弯弯的海湾，嶙峋的礁石，细腻的沙滩以及海鸟和企鹅。用长焦头拉过来，才看清沙滩上的一群小动物是麦哲伦企鹅。它们真会找地

方、清澈的海水、柔软的细沙、礁石峭壁环绕。清静、舒适、安逸，真是一个隔绝纷扰、美丽宜居的世外桃源。鸬鹚蹲在我们脚下的礁石上，晒着暖阳，吹着海风，面朝大海，蹲出一个优雅的姿态，好不自在。早上的太阳洒下光点，把海面装扮得灿然闪烁、熠熠生辉。一只小帆船驶向远方，演示着"孤帆远影碧空尽"的诗情画意。

  这很美，企鹅在享受，鸬鹚在享受，我们也在享受……

鸬鹚

沙滩上的麦哲伦企鹅

晒太阳

演习

孤帆远影碧空尽

环半岛走到**西海岸**，天转阴。岸边缓坡多乱石，草丛茂密，苔藓和耐寒植物点缀其间。

海鸟们在这里育婴，时不时可见乱石滩上保护色极好的幼雏；还有大鸟带着宝宝们在水里游玩，在草地上散步。在水边，**花斑船鸭**父母一左一右看护着幼小的宝宝。在礁石上，又见夫妻鸟，后来知道它们是白草雁，纯白的是雄性，黑纹的是雌性。白头身、翅膀黑灰条纹的也是草雁，斑胁草雁。

山坡上，一群麦哲伦企鹅宝宝在嬉戏，有行进的，有指挥的，有匍匐的，莫非在演习一场袭击战？

回程是个大海湾，我们得徒步走回码头。突然，头顶飞过一架战斗机，接着又是一架，又是一架……是训练？巡航？飞机的轰鸣划破了岛上的宁静安逸，散布着紧张的不和谐的气氛。

海湾的尽头，一条生锈的机帆船搁浅在海里，成为一个展品。一个探险队员讲，这是一艘加拿大渔船，19世纪末在海上失事，20世纪初漂到这个海湾，就一直停在这儿。

走回码头，已过正晌午时，挺累的。

有趣儿！👍

2020年4月6日 23:49

19世纪失事，20世纪漂到这个海湾，值得上船拍拍，应该有故事😄

2020年4月7日 00:19

花斑船鸭

白草雁

斑胁草雁

博物馆

岛上行政中心

一战纪念碑

下午有班车，前往**斯坦利小镇**。这是当地人生活活动中心。小镇整洁清静，景色悦目。

路上少见居民。不知他们怎样度过黑暗漫长的冬季和白日长长的夏季。人们称他们是顽强的居民，想来，适应这种半年黑暗、半年白昼的生存环境挺不容易的。

走出巴士车站，沿街道散步观景。咖啡屋，小教堂，邮局，博物馆，规模不大，也只有我们船上的人在游览。在博物馆里，可以摸企鹅的皮毛，看到展翼 3 米的信天翁标本，还有岛上居民的历史遗物。

街道的中心区矗立着福克兰群岛战争的纪念碑，旁边有英国首相铁娘子撒切尔夫人的半身塑像。这条街延伸到海边的转弯处，耸立着一座醒目的一次大战纪念碑，是纪念英军海战胜利的。也就 500 米左右的距离，既可看到小镇的镇容，又可了解小镇的历史概况。

在登船的第二天，船方就安排了几次关于福克兰群岛历史的讲座，听得不甚明了，但有些信息印象深刻。回来上网补课，搞明白了历史沿革及其争端的来龙去脉。简言之，福克兰群岛（又名马尔维纳斯群岛）位于阿根廷南端的东部海域，在巴拿马运河开通之前，是南大西洋航海的要地。自 17 世纪起，法、英、西班牙、阿根廷在岛上建居民区。后来，西班牙掌控了主权。阿根廷从西班牙的殖民统治之下独立之后，宣布接管福克兰群岛的主权，遭英反对。双方长期协商，无果。1982 年 6 月，阿根廷武力占岛，英国战机则从本土起飞，往返 12520 千米，进行史上最长航程的轰炸，一举取胜，创造奇迹，成为"海上战略投送的经典战例"。阿根廷并未因战败而放弃主权，坚持索要。2013 年 3 月 10 日，岛上全民公决，90% 的选票投给英国（岛民多是英国人）。同年 3 月 19 日，联合国大陆架界限委员会判定：福克兰群岛位于阿根廷领海。同年 6 月 6 日，第 13 届美洲国家组织大会的多数成员支持阿根廷主张群岛归属的立场。

网补，我弄清了争端的原委，知道了"典型战例""岛民公投"等实际情况。

2020 年 4 月 7 日 07:43
小镇很美。

赵卓　　　　2020 年 4 月 7 日 09:39
回复　　　：嗯，岛上只有一千多居民，但打理得非常干净清爽，舒适美好。

基德尼岛——海上观落日
（2 月 15 日 pm）

今天傍晚安排的项目是坐小艇海上拍落日，观群鸟戏夕阳。能贴近水平面拍照，将是新鲜的体验，非常期待。

又是天公不作美，乌云密布，一片昏暗。不能下小艇，只好在船上观看。

浓云裂隙，渐露蓝天，但一片黑云垂挂西天，悬接远山，把夕阳遮蔽得严严实实。举酸了手臂，瞪僵了眼睛，抓拍到乌云远山缝隙中的小小夕阳。随后，看到落日余晖染红了西天上空的浓云，渲染出灿烂的云霞，点化成辉煌耀眼的蘑菇云。

福克兰群岛的鸟非常多，远处隐约可见成百上千的鸟群，如黑云从水面上掠过，如黑蝶在暗空翻飞。如果是晴空，这该多可观，多精彩啊。

 2020年4月7日 10:38
拍出大片儿的感觉

 2020年4月7日 11:05
自然奇景，十世难见！不虚此行，实在上算😁👍

 2020年4月7日 17:11
这里的鸟可真多啊！

海上航行（2月16日～17日）

离开福克兰群岛，向1300多千米之外的南乔治亚岛进发。两天船上学习，开始听有关南乔治亚岛的各种讲座。印象最深的，是南乔治亚岛200年之久的鼠害，终于在2018年消灭。现在登岛观光，安全检查为最高级别的严格。在登岛的前一天下午，每个船客接受逐一检查。吸尘器吸遍衣帽和相机包的所有角落，防水裤不能有一点污渍，防水靴底不能带一丝一毫的尘土和沙粒。这非常必要，因为200年的鼠害（物种入侵）给岛上的鸟类带来灭顶之灾。老鼠们疯狂地吃裸露在岩石上的鸟蛋和雏鸟，逼迫成鸟逃难离去。2008年岛上科学家制定"栖息地恢复计划"，于2011年至2018年，三次投毒诱饵300吨，终于灭鼠成功。8年辛劳，来之不易。到访者不能不加倍小心，保护成果。

两天的航程，并非全程闭门听课。

广播里传来鲸鱼出现的消息，我们就立刻上甲板抓拍。看到鲸鱼的踪影，一声惊呼，人们马上潮涌而至，连按快门。抓拍到目标者兴奋不已，未拍到者憋着劲再来。广播通知前面将有礁石，我们就跑到甲板上瞭望，守候着直到礁石出现在眼前。借助长镜头，可以看到礁石上密密麻麻的水鸟，以及天上翩跹飞舞的鸟影。

船上度日并不寂寞，有期待，有惊喜，长知识，长见识。

我的房间在二层，接近水面。午饭前回屋放东西，看见舷窗外，海浪陡起，直逼窗上沿，一幅非常漂亮的三角海浪画面。端起手机抓拍，海浪迟迟不来，放下手机，画面再现！几番折腾，还是没抓到那精彩的一幕。看来，要拍到想要的片子，得有耐心和时间才行。

鲸鱼

前往南乔治亚岛

礁石

游南乔治亚岛

南乔治亚岛位于福克兰群岛东南 1300 千米处，面积 3756 平方千米，西北—东南狭长略弯的走向，像一只醉虾浮卧在南大西洋海域。该岛隶属福克兰群岛，现为英属，设有英国的考察站。1775 年，库克船长来到这个洪荒的"冰之岛屿"时，错把这个岛当成了南极。可以想见，岛上群山嶙峋，荒芜冷寂，气候寒冷，冰雪覆盖的景象。南乔治亚岛属于环南极大陆的亚南极群岛，被视为南极洲的前沿。然而，岛上有耐寒植物，有数量惊人的野生动物，是南极野生动物的天堂。岛上的山野冰雪，纯净自然，是地球上最美丽的地方之一。

南乔治亚岛游览路线

① 索尔兹伯里平原（Salisbury Plain）

② 普赖恩岛（Prion Island）

③ 佛图纳湾（Fortuna Bay）

④ 斯特罗姆内斯（Stromness）

⑤ 古利德维肯（Grytviken）

⑥ 圣·安德鲁斯湾（St.Andrews Bay）

⑦ 黄金海岸（Gold Harbour）

⑧ 库泊湾（Cooper Bay）

⑨ 德瑞伽尔基峡湾（Drygalski Fiord）

今天登岛，一览美景和岛上的"鹅山鹅海"。

依然是雨雾蒙蒙的天气。峻美的雪山、宽阔的冰川依稀可辨。山野披绿，草野茂盛，河流清澈，沙滩平展。王企鹅、海狗、象海豹同居一岛，和睦相处。它们欣然戏水，安然静卧，悠闲自在，泰然自得，真是乐园里安居的美好生活。

最令人震撼的是漫山遍野的王企鹅群，密密麻麻，弥漫视野，无从计数，也无法收纳进镜头（资料称，此处的王企鹅数量达12万只之多）。如此巨大规模的群鹅聚集，竟安稳有序，令人惊奇得瞠目结舌。没有高度的组织纪律性，没有很好的遵纪素养，怎能做到如此密集而不乱，群聚而不闹呢。

漫山遍野的王企鹅

真壮观！数以万计都不止吧？　2020年4月8日 11:03

哇！太壮观了！能不能摸一下？🤭　2020年4月8日 11:50

这么多企鹅啊，太壮观了！你能目睹，太幸福了！羡慕！👍　2020年4月8日 12:01

能看到这样的盛况什么都值了　2020年4月8日 13:46

远远地望去那白点点的都是企鹅吗？这也太壮观了👍　2020年5月4日 09:44

企鹅群好壮观　2020年4月8日 12:12

目睹这么壮观的企鹅👍👍👍　2020年4月8日 12:51

盛大的企鹅聚会！太壮观了！能身临其境享受美景，好惬意！！👍　2020年4月8日 12:52

南极之行，值了👍👍👍　2020年4月8日 12:54

我的妈呀！可爱的宝贝们在干吗？数不过来的多！它们吃什么？怎么睡觉啊？　2020年4月8日 21:46

华贵
高雅

王企鹅很少有特立独行的孤独者。抓拍独行者，是被它们华贵高雅的形体和沉稳端庄的气质深深吸引，想把它们精致华美的扮相，挺拔流畅的体态，以及潇洒绅士的动作展示出来。它们也非常可爱，但不像金图企鹅那样单纯，麦哲伦企鹅那样呆萌，跳岩企鹅那样耍酷，它们带有王家贵族般的矜持。见人不卑不亢，不即不离，落落大方，自在自为，有种不可戏弄也不能亲昵的距离感。

我觉得，它们是企鹅里面最漂亮、最受端详的精灵。

沉稳
端庄

抓拍很经典！　　　2020年4月8日 20:06

漂亮！👍😁　　　2020年4月8日 21:01

很自信，很帅气！👍　　　2020年4月8日 23:34

华 的确王者风范！　　　2020年5月4日 09:47

　　王企鹅两两相守、相伴相随的情形随处可见。单这一点，我就觉得，它们比其他企鹅智商情商要高一些，文明程度也高一些。特别有趣的是，二鹅的相守非常和谐默契，有时二者的动作同步同样，完全一致，而且保持着一定时段的毫不走样。这种心灵感应般的夫妻配合，真是令人击掌叫绝！这应该是心心相印、琴瑟和鸣的最高境界吧。

琴瑟和鸣
的
最高境界

🌸 2020年4月8日 20:08
拍的很有情节！👍😁

🧻 2020年4月8日 20:10
有趣👏

🦢 2020年4月8日 20:30
美呀！👍👍🌹🌹

🌅 2020年4月8日 23:32
看着像人似的。

🌺 2020年4月9日 09:01
有情有义有趣！👍😁

⛺ 2020年4月9日 14:57
"二鹅世界"，题目起的好

🏖 赵卓 2020年4月9日 01:00
它们温存体贴、爱恋随和的形体表现，及其站有样、扮有相的绅士范儿，很容易唤起我们熟悉的感觉。我们用人的体验和审视读懂了它们，所以越发觉得它们和人很像哈。😁

華 2020年5月4日 09:53
如此温存美好的画面给人无限的遐想！

王企鹅专辑一集——集体行动

　　王企鹅群居群游，井然有序。它们成组成队，有条不紊。列队行走，分组下水，故而十几万之众，能和谐相处，安稳生活。看到它们自觉地排队，整齐的步伐，一致的行动，不由得惊奇：这是何等训练有素的动物呀！这组织性、纪律性是咋培养的呢？

 　　　　　　　　2020年4月9日 16:10
可以编个故事。😁

回复　　：咱们真是不谋而合😄我原想给这组照片命名《王企鹅的故事》，但我想表达的只是自己的感觉，看图编故事，还得仰仗咱班的才子们。诗人啊，散文家啊，电影编导啊，少儿编辑啊……
赵卓　　　　　　　2020年4月9日 16:41

 　　　　　　　　2020年4月10日 06:10
穿着漂亮燕尾服衣服的王企鹅是企鹅中的绅士，当年看电影《帝企鹅日记》就深深爱上了这些小家伙。

 　　　　　　　　2020年5月4日 10:03
欣赏,钦佩,震撼,也很好奇，怎么做到的？本能吗？还是有头领？有制度？有思想？竟有这么好的生活状态，不仅仅是生存了！

① 它怎么了

企鹅情景剧

一只**王企鹅**趴在沙滩上，同伴在关心它，督促它。由此可以想见鹅们的相处之道。

② 起来

文图双妙！👍　2020年4月9日 21:34

有趣儿！👍　2020年4月9日 21:47

真棒！👍👍　2020年4月10日 00:00

③ 快起来，伙计

④ 大浪，快跑

151

南极海狗

海狗，也叫软毛海豹。在新西兰的达尼丁曾经见过一种毛皮海狮，和海狗很像，对它们的慵懒和黑亮的大眼睛印象深刻。不过，海狗比毛皮海狮活跃得多。

南乔治亚岛的索尔兹伯里（Salisbury Plain），海狗和王企鹅共处一地，它们深灰色的皮毛，趴卧在地。比起身披光鲜优雅的礼服、身姿挺拔俊秀的王企鹅，它们容易被忽视。但这里的海狗宝宝非常活泼，水里沙滩奔跑跳跃，黑绒绒的一团，也非常可爱。

它们是哺乳动物，应该比企鹅高级一层。和我们对视时，大大的黑亮眼睛会说话，让人读懂它们的心思，因此萌萌的特别讨人喜欢。

不知海狗是否有集体记忆。19世纪初期，西方国家的猎人来岛上疯狂捕杀海狗，为夺取它们保暖性极好的毛皮。据说曾有一艘船一次就带走了57000张毛皮。由此，海狗一度几乎被捕杀到灭绝。

现在海狗宝宝见人，小点的既好奇又躲避；大点的好奇之外，龇着牙，试着追逐游客，做威胁状。这或许是历史记忆的一种本能遗传吧。

出生不久的宝宝眼蒙未开，目光散漫，支起上身，竖起耳朵，听着身边游客的动静。

 2020年4月10日 11:23
原来海狗也挺萌。

 2020年4月10日 11:23
瞳孔里映出了摄影师的身影😂👍👍👍

 赵卓　2020年4月10日 11:32
回复　：嗯，真的，我还没发现😂

 2020年4月10日 11:33
萌！

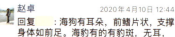 2020年4月10日 12:27
海狗海豹有区别吗？看着都差不多似的。

赵卓　2020年4月10日 12:44
回复　：海狗有耳朵，前鳍片状，支撑身体如前足。海豹有的有豹斑，无耳，前鳍端是爪形，抬头吃力，匍匐前行。😂

 2020年4月10日 14:41
真可爱！

 2020年4月10日 20:35
呆萌可爱

 华　2020年5月4日 10:22
它们多可爱！怎么忍心去杀害？看到那数字，心痛！对人类的贪婪充满了憎恨！但愿那是永远不会再现的历史！

海狗宝宝头向后仰，与王企鹅对视，超级萌！

象 海 豹

　　象海豹鼻子稍长，能伸缩 30 厘米，颇像大象的鼻头，因此获名象海豹。它们身躯庞大，慵懒少动。体态臃肿，相貌平平。这里拍到的象海豹尚未成年，不过，在企鹅和海狗中间，它们已是重量级的大块头了。

午饭后，到甲板望风。雨雾依旧浓重，南乔治亚岛露出黑黢黢的剪影，隐约可见礁石上的残雪。水鸟翻飞，不惧昏暗。一会儿，水面闪烁着亮光，露太阳了！转头一看，对面阴云浓雾的背景前，一道炫丽完整的巨型彩虹桥凌空飞架于水面之上，七彩灿烂，辉煌耀眼。风雨之后有彩虹，彩虹之后该晴天了！连日来，岛上拍照，非雨即雾，感觉不爽。这会儿云破日出，不胜欣喜。

感谢船友 Li Cai 摄影师给我拍的珍贵的彩虹留影。

看到探险队员已驾艇出发，安排下午登岛的路线，盼望着下午的活动。

但很快，大雾再次袭来，景物又渐渐隐身于茫茫白雾之中。

普赖恩岛——巡游

在南极，登岛是有人数限制的，大岛不可超过 100 人，小岛不可超过 50 人。我们船上共有 110 多名游客，因此，须分批轮班登岛。安排为后登岛的人先坐小艇——也称拍照艇——巡游。我们金图小组今天下午就是先巡游后登岛。

浓雾压得很低，还好，水面上的能见度挺清晰。小艇灵活地靠近礁石和岩洞，我们可以低角度抓拍岩石上的动物们。

2020 年 4 月 10 日 22:38
非常难得的奇景！

2020 年 5 月 4 日 10:25
那位居高临下的主在放哨吗？🤭

赵卓　　　　2020 年 5 月 4 日 10:30
回复　　：有可能，但我更觉得是英雄自豪的亮相😂😂😂

普赖恩岛——登岛

因不懂英语，有时就搞不清活动项目，只知道跟着走，走着看。

后来知道：今天下午登岛是看筑巢的信天翁。当时不知道，就一路关注非主流对象，而忽略了主角。

这个岛的滩涂不太大，金图企鹅聚集于此。不远处有一个登山的木栈道，两侧多有海狗居卧。在栈道阶梯上走了一段，前面停住不动了好一阵子。原来是海狗母子待在栈道上，不让路。我们给这岛上的主人充分的尊重，直到它们离开，我们才小心通过。

从坡上下来时，也遇两只海狗走栈道阶梯。看它们扭动身体、蠕动式下行，姿势不灵活，动作倒也还利落。我们给它们让路，然后拉开距离，慢慢地跟在后面。不能和它们抢路，也不能紧跟其后影响它们。这条栈道，它们优先、绝对的！

 这一组照片太精彩了！距离动物太近了！　　　　2020年4月10日 21:51

 赵卓：抓拍精准，不输专业摄影师。小动物真可爱！萌翻了！　　　　2020年4月10日 22:58

 第一幅的一缕阳光加上一抹远处船体的红色，画面好丰富漂亮！　　　　2020年4月10日 23:47

沿栈道登上**坡顶**，一览周围景色，真美呀！阳光在乌云缝隙中洒下柔和的光芒，把南乔治亚岛的山野冰川，幻境般地显现出来。

站在坡顶的小小观景台上，乌云压顶之际，一束阳光投射海面，在岛脚上划出一道闪光的亮线，立刻呈现出一个魔幻神秘、新奇超验的景象。信天翁从我们的头上起飞，连连滑翔而下，一展英姿，在魔幻奇特的景幕之中留下矫健的身影……

回到船上，天气放晴。久违了，夕阳！

但愿这是个好兆头，下面的行程艳阳高照吧！遗憾得很，太阳落在了乌云里。想起插队时学的一句气象谚语："老云接驾，不刮就下。"是说，乌云接了落日，次日天气不好。哎，明天还能是好天气吗？

 2020年4月11日 10:29
如此奇妙的景观，在如诗又传神的描述中，体会出无穷的意味……👍👍👍

这是游南乔治亚岛的第二天。上午在佛图纳（Fortuna）湾登陆。徒步一段。边走边看，近距离观赏岛上美丽的风景。海湾、山峦、瀑布、残雪、冰川……云雾缭绕，蓝天乍现，名副其实的景美如画。

沿途，山脚下，水塘边，冰川前，散落的企鹅群悠然闲适，享受着安宁、静好的美丽家园。

没有人类的破坏，大自然是这样的美好！仙境！👍👍👍

2020年4月12日 13:16

今天岛上的动物有象海豹、海狗和王企鹅。

象海豹和海狗多在水边栖息嬉戏，往里面走则是企鹅的聚集地。

在岛上又看到白海狗，这是动物的白化现象。这种现象越来越多，令人堪忧。不知是不是环境恶化造成的。

小海狗后仰头，倒着看人，很萌。Eric 说，这是宝宝好奇、玩耍的动作。又解答了我的一个疑问，真好。

2020年4月12日 12:47
能身临其境观看这些难得一见的可爱的动物，赵卓真幸福！🎁🐧👍👍

 2020年5月4日 10:50
真萌😁

王企鹅专辑二集

仪态万方！

2020年4月12日 12:21

岛上的王企鹅，鹅多势众，依旧是吸引眼球的星级目标。王企鹅太帅了，看不够呀，这形体，这姿态，这气质……

您在现场看不够，我们看图也看不够哦，真是太帅了👍

2020年4月12日 12:39

傲娇！🤭

2020年4月12日 12:54

2020年4月12日 13:59

永远是昂首挺胸的姿态，没有丝毫的奴颜媚骨，即便是仰望天空、张开双臂的时候也还是那样极富魅力！👍👍👍

2020年4月12日 13:14

太漂亮了。

相依相伴，形影不离，令人羡慕的夫妻关系，完美模范的二鹅世界。

M：我陪伴着你，给你依靠，给你安生。

W：我依偎着你，给你温存，给你柔情。

M：我前面带路，避风险，寻坦途，责任担当。

W：我后面跟随，踩足迹，配默契，不离不弃。

王企鹅·双鹅剧

**相依相伴
形影不离**

 彬彬有礼，琴瑟和鸣，相敬如宾，夫唱妇随，举案齐眉，等等好词都能用上。
2020年4月12日 17:37

图美文美
2020年4月12日 19:42

莘 相依相随 别无他求
2020年5月4日 10:56

王企鹅·三鹅剧

王企鹅群中，还有很多三鹅相处的情形，看上去是三角关系。它们相对而立，头、臂、身体时有动作，像在交谈、商讨，或者争辩。有时，它们一鹅旁观，另两鹅对立，甚至有动武的动作。有时，它们二对一，弄得孤立者尴尬并起急。有三只鹅就是一直在理论，直到我拍照的手都举酸了，也没见分晓。

船友 Xin 也在兴致勃勃地看三鹅的战斗。它们边争边打，半个多小时，挪过来、挪过去，打打停停，停停打打，不降不让，难解难分。

看样子，鹅们也跟人一样，也有复杂的鹅际关系，也要面对微妙的感情问题。

看到众多的二鹅亲密相处，还以为它们是忠贞的伴侣、模范的夫妻呢。等看船上发的《南乔治亚（South Georgia）》才知，王企鹅的离婚率高达80%。因为它们生儿育女时段长，很艰辛，难以等到头一年的伴侣相聚。

2020年4月12日 19:03
看来企鹅之间的关系并不单纯，地位也不同，情趣、意向各有特点，为解读提供无限的可能性。

2020年4月12日 20:09
憨态！

这是我碰到的三鹅争斗的有趣一幕。看得出来，左边两鹅是情侣、右边单鹅似第三者。第三者好像不受欢迎，屡遭驱赶，时不时地挥臂防卫。两鹅中一直争斗不让的那只鹅，在转身离开之际，突然又转身，抡圆了左臂，猛挥过去，把左侧身边的伴侣打得愣了半天。它大概是抡错了手了，马上去和第三者对阵。挨打的鹅缩在其背后，哀怨地敲打着情侣的后背，发泄着不满……这戏剧性的一幕太好笑了！

我笑出了声，忘了拍照啦。

2020年4月12日 18:53
赵姐描述得太有趣了。情节化摄影，兼之传神的文字渲染，意趣盎然，回味不尽。

2020年4月12日 23:39
趣味性！

相遇

私语

攻击

跟上！伙计

你站错了，转过来！

出水聚集

集合，向左看齐！
后面的跟上

群居的王企鹅好像集体意识很强。集体行动的时候，它们有条不紊，举止斯文。鹅们不仅自己配合集体动作，而且会等候同伴，或者帮助同伴纠错，这点也很神奇。看着它们像人一样的各种行为表现，非常有趣。

小组会议

散会

南乔治亚岛——斯特罗姆内斯
（2月19日 pm）

下午登斯特罗姆内斯岛，登岛后的项目是徒步。体力好的船友们沿着探险家沙克尔顿当年的求救路线，翻山越岭，徒步6000米，去体验并纪念探险家们的壮举。我们老弱者则徒步4000米的平地，去看岛上的瀑布。

路比较长，比上午的徒步要长不少。低洼处长满细叶长条、团团簇簇的草，软滑难行。走过草地，又是碎石乱铺、溪流纵横、坎坷难行。船客中我不是年龄最大的，也不属于身体臃肿、动作迟缓一族的，但远足活动我总是拉后打尾，自知体力还是偏弱，暗自惭愧。

天气阴沉，雾低云暗，山影黑，雪影淡，感觉荒凉凄冷。看到一片高挑着红绣球的野草，立刻趴在地上，戏称发现了岛上森林。看到溪水两边嫩绿娇红、鲜艳可人的苔藓，马上蹲下来，宣称找到了岛上的生态园。寻欢找乐，不亦悦乎？

走近瀑布，随众品尝了这雪山化水。味道一般，不甜不爽，但这是荒岛上的活命之泉，弥足珍贵呀。

2020年4月14日 07:58
好文好图写好景，随着赵姐游南极！👍💪💪

2020年4月14日 20:30
奇异的景观！

斯特罗姆内斯·动物

　　斯特罗姆内斯岛上的动物不多，但品种挺齐全，王企鹅、金图企鹅、海狗、鸟……岛上阴暗冷清，王企鹅们好像在打瞌睡，一只贼鸥静静地看着同伴叼食腐肉。

　　然而，海狗宝宝们特别活泼，见人就追，龇牙咧嘴做攻击状。它们跑跑停停，察言观色。你要是害怕，它们就继续追赶；你要是抬手跺脚示威，它们就后退一步，看看没有威胁，就仍旧跟踪，直到你强烈地拒绝。

　　一只海狗宝宝追赶我，我指着它说：你牙还没长齐呢，就敢咬我？呵呵……又有两只宝宝跟上，一齐追咬过来。我挥手振脚，含笑呵斥宝宝们。结果，它们停下来，纷纷做仰头的动作给我看。旁边的船友说：宝宝们喜欢你。嗯，我也喜欢它们，它们太萌，太可爱啦。

2020年4月14日 11:41
这些小家伙还没受过人间烟火的污染，一切出于本能，多有意思！😁

2020年4月14日 12:33
只有勇者才能见到的这一切！赵姐就是这勇者。

2020年4月14日 13:28
好可爱啊！👍

　王念红
2020年4月14日 19:06
理解和爱动物的人

南乔治亚岛——古利德维肯沙克尔顿墓（2月20日am）

这是游南乔治亚岛的第三天。依旧阴天。上午登古利德维肯岛，先去祭拜沙克尔顿墓。船方提供祭酒，我们虔敬地洒酒祭祀。

沙克尔顿何许人也？

他是一个探险家，一个失败了的、但深受人们尊崇敬佩的探险家。

1914年8月1日沙克尔顿经历了两次失败的南极探险之后，带着挑选的27人，开始了第三次探险。他们的"坚毅号"木船在海上漂了10个月，经历了漫长的冬季暗夜，到达南极边缘。随之，船陷冰川，被冰坨压毁。

船员们弃船，露营冰天雪地的浮冰之上，吃企鹅肉，喝雪水，缺衣少食。绝境之中，沙克尔顿谈笑起舞，鼓舞士气。4个月后，浮冰漂到开口海面，他们立即乘抢救下来的三艘小救生艇海上逃生。7天的拼搏，到达远离航线、荒无人迹的象岛。然而，这里难以生存，船员们的体能和精神都已达极限。沙克尔顿果断选出4个身体较强壮的船员，5人乘一艘救生艇，去1300海里之外的南乔治亚岛求援。

风急浪大，（浪）峰高（浪）谷深。这是一次不可能的自救行动。然而，沙克尔顿们凭意志和毅力创造奇迹，17天的浪里拼搏，抵达南乔治亚岛南岸。放下2名衰弱的船员，剩下的3人靠一根绳索，2把冰镐，翻过42千米人鸟绝迹的高山冰川，来到北岸的捕鲸站。当捕鲸站人员知道这3个不人不鬼、疲惫憔悴的来客是失踪21个月的"坚毅号"船员时，惊讶得哭了！

很快，沙克尔顿接回留在南岸的2个体弱船员，等不及自己恢复体力，又借船去象岛营救滞留在那里的23名船员。3次出行均告失败，1916年8月30日第四次终于成行，救出了象岛的全部船员。看到船员一个不少，沙克尔顿喜极而泣。而船员们坚信沙克尔顿一定会来解救他们，如果不成，沙克尔顿也一定是尽力了。这段话正是沙克尔顿留给船员们的字条，船员们并没有按沙氏的嘱咐，在绝望的时候打开看，他们对沙克尔顿深信不疑。

25个月海上搏命、饥饿、严寒、绝望的困境，沙克尔顿带领27人绝境重生，一个都不少，创造了南极探险史上最感人的奇迹。探险虽然失败了，但树立了超极限的坚毅勇敢精神的楷模。

25个月的绝境磨难，28人的全部生还，领导者沙克尔顿是怎样的人性情怀、人品操守、坚毅意志、非凡才干！这样的人不是英雄谁是英雄？凤已成败论英雄的观念，面对沙克尔顿的墓碑，是否有深深的感动和深刻的启迪？

我们的船是探险号，沙克尔顿的名字无处不在。在报告客厅里，每次打开显示屏，首先跃入眼帘的是"沙克尔顿精神（Spiriting Shackleton）"。告示板上，每日小报上，活动路线上，都有沙克尔顿精神的呈现。这是南极探险的心灵膜拜！

真英雄！👍👍👍
2020年4月15日 13:14

为沙克尔顿非凡的勇敢坚毅精神深深感动！我看过一本南极旅游的书，介绍过这个故事。
2020年4月15日 13:23

当之无愧的大英雄！他无私无畏的壮举震撼心灵！！👍👍👍
2020年4月15日 15:14

好感人！
2020年4月15日 19:52

谁能说他探险失败呢！这是真正的成功！他的探险带给人类最宝贵的精神财富！向探险家沙克尔顿致敬！
2020年5月4日 12:08

古利德维肯·捕鲸站

　　沙克尔顿墓旁边就是南乔治亚岛最有名的古利德维肯捕鲸站。祭拜完毕，我们就来参观这个捕鲸站。

　　这里有糟朽散架的木船，锈迹斑斑的铁船，坍塌颓圮的捕鲸建筑和废弃闲置的捕鲸设备。规模不小，依稀可见当年的兴盛和红火。小博物馆的门前，有各种捕鲸船配件的陈设，屋里有图片、视频、捕鲸设备及捕鲸相关物品的展示。我对一些机械设备很好奇，觉得先进而又神秘。但看到鲸鱼成堆摊满一地，工人用电锯切割庞大鲸鱼躯体的血腥图片和视频，立即反胃心烦，转身走出大门。

　　南乔治亚岛自18世纪后期被发现后，岛及周边的海洋哺乳动物便遭受了灭顶之灾。这里相继建立了许多捕鲸站，人类开始疯狂地捕杀鲸鱼（展览馆里贴着一张日语图示，详细地标出鲸鱼各部位的作用，由此可知人类之所以如此贪婪、凶残的缘由）。这些捕鲸站曾是最血腥的屠戮场地，100多万头鲸鱼惨遭杀戮，有些种类几近灭绝。仅这个捕鲸站就捕杀了53000多头鲸鱼。

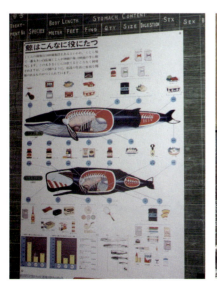

细想，人类是残害自然生物最凶狠的凶手，是破坏自然平衡、搅乱自然秩序的罪魁祸首。人类放纵贪婪，为所欲为，不仅侵害了其他生物的生存权益，更是会遭到破坏自然的严厉惩罚。不收敛，不刹车，不悔过自新、善待动物、保护自然，将会毁掉自己生存的基础，自取灭亡！20世纪80年代起，捕鲸被禁止，捕鲸站纷纷停业，成为警示后人的遗址。现在野生动物在这里安家，象海豹、海狗、企鹅，安闲自在地憩息在曾经血染的草丛里、沙滩上。

博物馆的斜后方有一个小教堂，真不知是供杀戮者忏悔用呢，还是安抚被杀戮的鲸鱼灵魂？

进门右侧有一个小图书馆，书籍摆满了三面墙。一个柜台，一把椅子，静立在窗户投射的阳光之中，静谧安逸，是凝神静意的阅读环境。只是不知这众多的书籍中，可有保护自然和人类忏悔的内容？

在简易的礼拜厅里，听船方安排的小小音乐会。歌手自弹自唱，听说是自创歌曲。不懂，但喜欢这个项目，调剂一下船上的文化生活。歌手唱的歌大都柔缓平和，其中一曲柔婉舒展，泪汩流淌，浸润心灵，如饮甘泉，微醺……想起刚上船时，去咖啡厅听歌，被电乐器鼓噪得头脑发胀，慌忙逃窜。这会儿舒服多了……

小教堂

2020年4月16日 12:18

赵姐的文字功夫真是一流的，描写叙述穷形尽相，很有现场的带入感！👍

海狗

象海豹

保护地球的环境和生物就是保护人类自己。人类要敬畏自然！🙏

2020年4月17日 07:30

南乔治亚岛——圣·安德鲁斯湾（2 月 20 日 pm）

　　这是南乔治亚岛的第三天下午登岛。岛上风景极美，动物主角又是王企鹅。这里的王企鹅比在索尔兹伯里平原看到的鹅山鹅海（6 万对）还多，有 15 万对，堪称南乔治亚岛之最。不知为何王企鹅以对为计数单位。

　　密密麻麻，满眼皆是，这规模，
这阵势，谁曾见过？！太震撼了！

 2020年4月16日 16:02
这么多啊！太壮观了👍

2020年4月16日 16:13
太壮观了！👍在现场肯定挺激动。

2020年4月16日 16:14
漫山遍野！

2020年4月16日 16:42
哇！

2020年4月16日 17:14
哎呀，宏伟壮观呐！真是一种动物一种
习性，那企鹅成天成群结队地站在那儿，
不累吗？😄😄😊

2020年4月16日 17:56
哇！铺天盖地！黑麻麻！乌压压！👍

这里，环境之美，称得上王企鹅的**天堂家园**，真羡慕它们。也庆幸地球还有这样美丽洁净的地方。

峻峭如金字塔的山峰，弯转如弓、气势如虹的冰川，缠绵变幻的云，飘逸萦绕的雾，洁白晶莹的雪……**一个不染俗尘、纯洁天然的原生态世界**！南乔治亚岛，地球上最美的地方之一，不负盛名！

凭感觉，这里的冰川比著名的莫雷诺冰川还高还宽，规模壮观。其上面覆盖着厚厚的浮土。忘记了纪录片里讲的，是覆土防晒，延缓冰川融化；还是黑土吸热，加速冰川融化。咳，这脑子……

奇观👍👍👍　2020年4月17日 06:33

一尘不染的世界　2020年4月16日 16:40

这才是壮阔之美！大美南极！👍　2020年4月16日 17:18

奇景奇观，只有勇者才能领略！👍我们是幸运者。🙆　2020年4月16日 17:53

太美啦👍👍👍　2020年4月16日 20:49

仙境🌹🌹　2020年4月16日 22:10

南极，方识真面目！分享了！　2020年4月17日 20:48

这是冰川的断崖，洁白的冰雪被浮尘渗透，有了黑灰的纹理。那浮尘黑油油的像我们东北的黑土地，种点什么肯定长得壮实。

冰川前面一道长长的堤坝式的土岗站满了企鹅，也是密密麻麻的。

岛上云雾奔涌，阴晴变幻。眼见着云潮翻滚，爬上山坡，又倾泻而下，形成绵软却又汹涌的云瀑。很快，冰川上面云遮雾障，太阳变成了一团迷蒙的白影，而下面的山川冰雪则迷离梦幻，仿佛切换成了离奇迷幻的世界。

动物的天堂乐园

王企鹅专辑三集 // 天堂里的王企鹅
——景美，鹅也美

走在王企鹅王国的外围，看零散的小队伍悠闲自在的身影，镶嵌在绝美的自然风光之中，格外赏心悦目。美景衬美影，一幅幅美轮美奂的画面……

这里，云雾缭绕，仙气飘溢，是鹅们的仙境家园。
这里，雪山俊秀，草野披绿，是鹅们的美景家园。

清澈的溪水，映照着鹅们优美帅气的身影。
而草坪上的背影，则是鹅们潇洒端庄的绅士风貌。

2020年4月18日 09:57
这些小绅士们怎个优雅了得！
2020年4月17日 18:17
真漂亮！
2020年4月17日 18:35
但愿保住这块净土🙏
 赵卓　2020年4月17日 19:59
回复　：现在人类正在努力。

岛上景色迷人，看得如痴如醉。一只海狗大宝宝来追我，旁边的一只企鹅突然伸出头来，阻挡海狗。海狗迟疑一下，又要动作。企鹅马上探出大半个身子，用嘴直指海狗，海狗立刻缩了回去，原地不动。目睹这一幕，我惊呆了，王企鹅好有侠义之气哟！

在朋友圈里诉说这件事，引起了一场众声喧哗的热议。

赵卓　　　　　　　2020年4月17日 20:03
图2、3的情景就是我自己遇到的。我特别惊奇，企鹅会阻拦追我的海狗，而且阻挡的非常坚决。它们真的通人性吗？当时，我既惊诧又感动🙈

回复赵卓：动物都通人性的。没准儿海狗追赶你也是友好地希望亲近你呢？
　　　　　　　　　2020年4月17日 20:17

回复赵卓：也许与人天然的亲近感，是这些动物能接受训化，在动物园中很好生存的基础呢。
　　　　　　　　　2020年4月17日 20:31

赵卓　　　　　　　2020年4月17日 20:57
我在新西兰的达尼丁看黄企鹅时，场地里的工作人员反复强调企鹅胆小，游客不能出声，不能动作，不能用相机和手机。当时，那些小企鹅真的胆小、小心谨慎，畏首畏尾，看得我们离老远，也不敢大喘气。南乔治亚岛的王企鹅一点不怕人，不躲也不理，熟视无睹，旁若无人😄

回复赵卓：王者风范或者胆小怕事也是天生哈
　　　　　　　　　2020年4月17日 21:04

回复赵卓：动物特别通人性，有一次我用热毛巾敷脸，躺在沙发上，我的小猫猫以为我怎么了，就跳上来喵喵地冲我叫，可感动人了。没白喜欢🐱🐱
　　　　　　　　　2020年4月17日 22:26

通人性
　　　　　　　　　2020年4月17日 22:27

哈哈，过足企鹅🐧瘾！👍👍👍
　　　　　　　　　2020年4月17日 22:39

赵卓　　　　　　　2020年4月18日 00:12
回复　　：嗯，在这个岛上天天看，随便看，看不完地看，看不够地看😌

175

秀恩爱

 真美　　　　　2020年4月17日19:46

 赵老师照出了它们的神情和心态，高👍　　2020年4月17日18:28

动物园的企鹅受到再好的照料也不如人家在自己的土地上自由自在地面对来访者🌹　　2020年4月17日18:27

 拍得真美　　　　　2020年4月17日18:57

天堂里的帅鹅靓鹅·恩爱夫妻

　　王企鹅的情侣夫妻关系，堪称楷模。看不见它们的眼神，听不懂它们的言语，单是那相依相伴的形影，就有说不尽的柔情蜜意。那份默契，那份得体，那份体贴，那份依恋，通过表述心声、传情达意的形体姿态，自然而然地流露出来，纯真朴实、细腻生动，令人好生羡慕，软软地心动啊……

陪伴

正式合影

南乔治亚岛——黄金海岸
（2 月 21 日 am）

今天是到南乔治亚岛的第四天。依旧是阴云笼罩、小雨绵绵。

早饭前安排了登岛项目。这个岛上，象海豹、海狗、王企鹅、金图企鹅多种族杂居，一片和睦相处的祥和景象。浮冰上，王企鹅和海狗各占山头，伙伴们争相爬上这白玉般的冰船，玩得挺热闹。

岸边，三种动物混在一处，各行其是，各得其乐，相安无事。这是一个"民族大团结"的模范岛屿。

 2020年4月18日 10:56
看来南极动物和谐共处哇！起码企鹅和海狗什么的大动物互不伤害。

 2020年4月18日 11:15
真漂亮！师姐用什么拍的这么清楚

2020年4月18日 11:40
动物乐园

象海豹，也是南乔治亚岛的主要居民，一直在我们的视野之内。但它们体型庞大，肤色晦暗，瘫软懒散，行动迟缓，不讨人喜欢。雄性象海豹长 5～6 米，重 3 吨左右，雌性小它一半。它们喜欢挤在一起瞌睡，一堆堆褐色的肉坨摊在岛岸上，远看像礁石，近看则貌丑皮脏，不忍久视。估计皮肤斑驳者是在脱皮吧。有时象海豹会撑起前身，咬架，是真咬，咬得流血，留疤。

象海豹肥胖的身体多油脂，使之成为人类猎捕的目标。20 世纪初，人类曾经疯狂地杀戮它们，造成象海豹严重的生存灾难。

在岸边，一只身躯庞大的雄象海豹离群独卧，睁着小眼睛在悄悄地寻视着。不知什么时候，一只雌象海豹成了这只雄象海豹的手中猎物，被它碾压得差点废了。雌象海豹拖着身子逃命，在沙滩上留下一道明显的拖痕，十分可怜。可是，雄者还不放过它，赶上了，继续施压，雌者垂死挣扎，终于玩命地落荒逃走。目睹这一场险境，真担心雌者会死掉。

你在这里待了多久啊？观察得深入仔细　　　　2020年4月18日 12:49

赵卓　　　　2020年4月18日 13:33
回复　　：这个岛吗？4天。

回复赵卓：在这里多呆呆，洗肺洗心洗灵魂　　　　2020年4月18日 13:48

赵卓　　　　2020年4月18日 13:53
回复　　：没错，身心净化

　　早饭后，去库珀湾巡游。礁石上，滩涂上，随处可见坐、立、卧的动物们。在这里第一次看到帽带企鹅和马卡洛尼企鹅。

　　帽带企鹅和马卡洛尼企鹅都是小个子，身高60多厘米。帽带企鹅脸颊上有一条黑带，非常形象的帽带，好辨认。马卡洛尼企鹅有金黄色的长长的眉毛，远看时，像头顶着金色的羽毛，也好辨认。巡游时，远远看到马卡洛尼企鹅在礁石上嬉戏，有的在陡峭的地方上上下下，真担心它们会摔下来。

 都是难得的镜头。👍　　2020年4月18日 16:33

憨态可掬😊　　2020年4月19日 15:24

南乔治亚岛——德瑞伽尔斯基峡湾
（2 月 21 日 pm）

下午游峡湾。南乔治亚岛多峡湾。在海洋里游峡湾，一定很有趣，期盼着。

大雾笼罩，船两侧是白茫茫的"银幕"，上帝以雾做"白片"，遮蔽了峡湾两侧的影像，我们就在这白蒙蒙的天地里茫然地航行着。到了峡湾尽头，船停了一会儿。睁大了眼睛，仍然无法穿透雾障，看清周遭的景物，只能看到水面的零碎浮冰和水边的朦胧倒影。

船掉头，将要驶出峡湾，雾幕缓缓升起，可以隐约看到峡湾两侧的景色了。

 2020 年 4 月 19 日 14:19
冰像打破的玻璃水，真纯净！

 2020 年 4 月 19 日 14:20
漂亮

 2020 年 4 月 19 日 19:04
赵卓：见闻、图像都非常珍贵！写成一本南极游记，配上图，会非常受欢迎。也不枉此行！

雾在飘移，两岸的积雪、冰川、山头半隐半现。气温下降，站在甲板上感觉到了冷。我和船友边聊边注视着景物的变化，捕捉着雾幕之中展露出来的迷幻景色。

快看，海上仙山！

云雾飘浮，把山丘峰峦打扮得迷离神奇、恍若仙境……

 奇景！　　　　　　　　2020年4月19日 17:30

赵卓　　　　　　　　　2020年4月19日 18:01
回复　　：“忽闻海上有仙山 山在虚无缥缈间”是也😁

回复赵卓：真是那种境界！　2020年4月19日 18:14

仙境！👍👍👍　　　　　2020年4月19日 21:54

海上航行（2月22～23日）

我们的船离开南乔治亚岛，驶向南极半岛——此次南极游的第三岛，也是最后一个岛。**南极半岛**是南极大陆的北端，真正的极地领域。而其他二岛，被称为“南极地区”“亚（准）南极群岛”。

又开启了听课模式。印象深刻的，是看世界冰川检测的纪录片，看得心情沉重。

影片中，检测人员爬冰卧雪，在极端艰苦的恶劣环境里安置监控设备。他们暴风雪中扛着器械、满身冰霜，艰难跋涉；躲在冰块后面，啃着冰冻的食物，餐风饮雪；狂风之中，扎下帐篷，露营在冰天雪地。太难了！这些工作人员绝对是铁打的硬汉，无畏的英雄！当他们再次艰难跋涉，来搜集数据时，看到被风暴摧毁、被动物破坏的仪器残骸，铮铮铁骨的硬汉，也禁不住捶胸顿足、悲壮洒泪。影片中的主人公，好像是项目的主持人，抛妻别子，拼命工作在冰川上。双腿患病，手术后，挂着拐杖，继续爬冰卧雪，身先士卒。他最感人的，是给妻子和孩子一个含泪的拥抱！一个柔肠寸断而又钢铁意志的男子汉！

影片中,地球各处的冰川大面积崩塌、融化、萎缩,看着十分震惊。那些触目惊心的数据让人痛心。想起2019年寒假游新西兰的费朗兹约瑟夫冰川时,看到标记牌记录着冰川边缘在某年代的某位置,一路向前,直至山脚。冰川已经蜷缩在山顶,几乎失去了川的形态。冰川干涸的河床,碎石粗粝,杂乱无状,"荒凉得刺目"!这个纪录片比我所见惊悚得多!那种冰原崩塌造成的翻江倒海,冰川干涸留下的荒漠凄凉,仿佛看到了世界末日!

据说,南极储藏了地球75%的固态淡水资源,如果它融化了,至少会有三个恶果。一是海水会升高60米,许多岛屿将被淹没,陆地缩小,人类的生存空间将受到严重挤压。二是南极冰封的若干活火山将露出地面,带来危害。三是南极冰盖的调温作用丧失,地球将热得人类难以生存。所以,保护南极、减缓冰川融化,对地球人类的生存安全至关重要。

在海上航行,气温明显下降,海面开始出现大块的浮冰。最先看到的是一块长2000米的冰原!我的镜头把冰原拉成天际的一条线,也不能将它完整收纳。船友们开玩笑,说把它拖到干旱的非洲,能救人无数,储水N年。

从看到它,绕过它,久久地站在甲板凝望着,为它的壮观,也为它的沧桑,惊叹着、遐想着……

又遇到一块大浮冰。我们的船绕浮冰一圈,360°仔细地观赏着南极海域特有的标志景物。天阴沉,浮冰也灰暗。但观赏的兴致不减,用相机捕捉着浮冰的每个细节。浮冰根部宝石蓝的水晶波纹,虽然暗淡,但也能唤起遐想,凝视得目不转睛。

一群水鸟静卧在浮冰的旁边,不知是这里的居民,还是迁徙的过客。

⑧ 游南极半岛

　　南极半岛，是南极大陆伸向北部海域的最大半岛，隔970千米的德雷克海峡，与南美大陆相望。它纬度较低，较暖，西海岸线附近有裸露的土壤和动植物，故有"南极绿岛"之称。南极半岛海岸曲折，附近岛屿众多，是南极旅游最热门的目的地，占比达98%的游船走这条经典路线。我们的三岛游也属于这条路线。在福克兰群岛和南乔治亚岛，我们主要看的是动植物；在南极半岛，我们将看到这块白色大陆的冰雪世界。南极大陆游还有极圈游和极点游，需要更多的时间和经济支撑。以后有条件，可以尝试一下。

游览路线

①吉布斯岛（Gibbs Island）
②布朗断崖（Brown Bluff）
③古尔丹岛（Gourdin Island）
④西尔瓦湾（Cierva cove）

⑤入口点（Portal Point）
⑥拉克罗港（Port Lockroy）
⑦天堂湾（Paradise Harbour）
⑧尼克港（Neko Harbour）

走向德雷克海峡

南极半岛——古布斯岛（2月24日 am）

今天，晨起见到了阳光，立即跑上甲板拍景。这里可以在船上近观雪山了。

海上的气候真是说变就变。刚才还是朝阳辉煌、金光普照。转眼间就浓雾四起、铺天盖地弥漫开来。探险队员放出登陆艇时，还是轻雾缭绕、轻纱曼妙。不一会儿的工夫，就变成大雾笼罩、遮天蔽日了。

天气阴下来了，心里的雾也渐渐弥漫开来。

　　不过，还好，总算拍到了几张晴空半掩、云雾升腾的雪山片子。氤氲柔媚，有如"犹抱琵琶半遮面"的含蓄之美。

冰雕雪塑

吉布斯岛——巡游

吉布斯岛位于途中靠近南极半岛的海域。不能登岛，我们在这里巡游。

海里的**浮冰**渐多渐大，形态各异，成为我们观赏的焦点。有的极易唤起联想，像冰激凌，像船，像金字塔，像面点……浮冰周边湛蓝的海水特别迷人，泛着宝石的光泽，魅惑地吸引着眼球。一块浮冰的底边上，一只海豹在游玩，引起镜头快门一通扫射。

无限风光👍   2020年4月20日 22:39

太难得！谢谢分享🙏🌹   2020年4月20日 22:39

好棒啊！好好看！！！！   2020年4月21日 10:10

好大的冰！   2020年4月21日 10:26

这里山崖陡立，巨石危耸。陡峭决绝之处，恐怕连企鹅和海狗也上不去，只有鸬鹚和信天翁能独享。

水面雾小，能见度还好。但行舟晃动，聚焦有难度，影像难免发虚。

这里看到的是**帽带企鹅**和**马卡洛尼企鹅**。这两种企鹅个子小，却擅攀爬。险峻的山崖绝壁，陡坡峰顶，到处都有它们的身影。

山崖陡立
巨石危耸

今天下午的项目是乘小艇巡游象岛。

象岛是沙克尔顿探险队从南极撤回，海上逃生的落脚点，23 名留岛船员在寸草不生的岛上坚持了 4 个月，直到等来沙克尔顿的救援大船。象岛因此声名远扬。船友说，象岛是南极半岛游必打卡的热门景点，期望值很高。然而，时机不巧。天降大雾，难见岛影，我们只能在大船上望雾兴叹，度过了一个最为扫兴的下午。

科考站

这是进入南极半岛的第一天。

到了南极半岛的**布朗断崖**，进入了**冰雪世界**。尽管今天的主要项目还是登岛看动物，但冰清雪洁的南极风光同样吸引眼球，而我尤爱之。

今天，看到一个个木刻画般的雪山映入眼帘，真是大饱眼福，大快吾心！

南极半岛有多国的科考站。在这雪山脚下，有一片科考站的建筑群，规模不小。身处这美丽洁白的"神话世界"，他们该有怎样的美感享受呢？

记得当年跟团游西藏。一天，在旅游大巴的前车窗看到一幅奇美的画面。远处，白茫茫的云雾笼罩。突然发现上方云雾裂开一条宽宽的缝隙，露出线条极美的黑白图案。我情不自禁地惊呼起来："快看，前面是什么？……一幅精美的画面，太不可思议了！"导游不知道，没人能解释这神奇诡异、美妙绝伦的现象。来到南迦巴瓦峰，看着云雾遮蔽之中，山影若隐若现，立刻想起，刚才的黑白图案正是南迦巴瓦峰雪山线条勾画的杰作。太美了！它猛砸在视阈接收屏上，深嵌在记忆储存器里。自此以后，我特别喜欢看雪山木刻般的线条纹理。积习成癖，每次看到漂亮的画面，都心跳加快，欣喜不已。

 2020年4月21日 20:29
是您拍摄的照片，真美！

 2020年4月21日 21:01
精美绝伦！

 2020年4月21日 21:04
景本千载难逢，捕捉并留住则更为难得，文字描述真切生动：美上加美！睹之，快意油然，读之，心情激动。

雪山美

冰清玉洁　纯净世界

布朗断崖——浮冰

这里的浮冰随处可见，形态各异，很有观赏性。有些浮冰上站着企鹅，趴着海豹，深深吸引着长枪短炮的热情追踪。

探险号游船

布朗断崖 ——船

游南极的工具只有船，船上航行，船上吃住。我们的探险号船，红色的船身，白色的上体，在蓝色的大海里，鲜艳夺目。船上有黑色的橡皮艇，登陆、巡航、救生，一艇多用，功劳大大的。每次登陆前，探险队员都要先行探路，插好路标。游客登岛后，他们守候在水面，保护安全，等待接应，很辛苦。

船上还有黄色的皮划艇，是游客玩的一个自费项目。只要能下海，他们总是先出发，在深蓝或灰蓝的海面上成为惹眼的亮点。皮划艇视角更低，速度、方向自己掌握，因此他们能拍出我们看不到的景致，有的拍得很好。我非常羡慕他们，但无法跟从他们。

橡皮艇

2020年4月22日 10:42
彩色的冰，可能只有在南极才能看到。

2020年4月22日 10:45
浮冰蓝美极了👍👍👍

2020年4月22日 14:11
也是蓝色的，想起冰岛的浮冰了😭

2020年4月22日 14:25
回复赵卓：这趟是黄金之旅呀👍👍👍以后想去🌍任何一个地方都得考虑一下病毒是不是跟着我呢😊🙏

皮划艇

布朗断崖——阿德利企鹅

在这里，我们见到了第七种企鹅——**阿德利企鹅**，其个头儿和帽带企鹅差不多，黑脸白眼圈。扮相朴实简约，圆圆的白眼圈呆萌得特别可爱。它们的燕尾服是帽衫式的改版，与帽带企鹅不同的是，它们没佩戴帽带，而是直接蒙面了。它们更像设计简洁、做工精细的布艺玩偶。

阿德利企鹅虽然个小体轻，却有着占比很大的脚掌，估计是跳崖能手和游泳健将。

真是呆萌可爱！😁　　2020年4月22日 15:38

这个娇萌可爱　　2020年4月22日 16:09

可爱　　2020年4月22日 16:23

想抱抱他们。😊　　2020年4月22日 17:10

萌化人心　　2020年4月22日 21:27

呆萌可爱
的
布艺玩偶

布朗断崖——金图企鹅

南极半岛登岛可以直接踩雪了。船客们一登岛，就开始**爬雪山**。听说山上的雪没膝盖，攀爬颇吃力，但有趣。我一直在拍企鹅，等到想爬山时，探险队员已经拔掉标志旗，退了下来。

这里多见的是**金图企鹅**。它们体态匀称，头戴小小护士帽，眼睛和翅膀都镶着白边，一副天真无邪的眼神，一种清纯可爱的样子。在企鹅中也是讨人喜爱的一类。在岛边濒水的沙石滩上，金图企鹅在接近游客，试探着触碰指示路线的旗杆、游客的衣裤靴子，还有探险队员的行囊。它们大都是刚刚褪完毛的企鹅，对一切新鲜的东西充满了好奇。

雪地上看企鹅，感觉不一样。背景干净，企鹅们的身形轮廓、动作神态更清晰醒目。它们的一个动作，一个眼神，都透着可爱，令人着迷，让人想读懂宝贝们眼神、动作后面的心思和念头。个子小，就会显得小巧灵活。没有高贵优雅的姿态，但有天真活泼、稚气可爱的神情。无论是低眉羞赧、呆立直视，还是回眸窥探，都是萌萌的、纯纯的，看的人心软软的，好生怜爱。

2020年4月22日 16:27
石子都是黑的，奇怪！

2020年4月22日 17:26
这样近距离的观赏企鹅，太难得了！👍👍

2020年4月22日 18:04
觉得这是一群很有灵性的动物！

2020年4月22日 16:26
情节化摄影！💪🤚

2020年4月22日 18:02
看不够！

2020年4月22日 20:06
太美啦，视觉冲击👍👍👍

2020年4月22日 19:57
卓姐这是着魔了😁，拍了这么多的企鹅。不过，这些企鹅 真是令人着魔！🤩

2020年4月22日 20:05
这么美的企鹅只在电视上看过，今天看到同学亲自拍的感觉那个不一般啊👍👍

2020年4月22日 20:07
果断收藏👍

赵卓　　　2020年4月22日 20:19
回复　：这大概是火山石的缘故吧。

193

布朗断崖——豹海豹

时近中午，离岛回船，探险队员带我们去看卧在浮冰上的豹海豹。

在这儿，一只活泼、漂亮、年轻的豹海豹好像非常高兴看到我们。它和我们对视，并不停地摆动着修长、美丽的躯体，不像另一个伙伴，躺在冰上，一动不动。入水，跟我们打个照面，引起快门一阵风暴。接着消失踪影。突然又从浮冰的另一端跃上冰面，继续冰上表演。它太可爱了，反复冰上水里的动作，吸引着我们不舍离去。它太漂亮了，第一次看到这么漂亮的海豹种类。腹部美丽迷人的豹斑花纹，头部流线型极美的蛇头造型，眼窝深陷、清纯晶亮、柔化心灵的眸子……

喔，为这漂亮可爱的豹海豹，整个午休都兴奋不已、念念不忘……

酷帅的
豹海豹

 2020年4月23日 09:50
千姿百态！憨萌可爱！

 2020年4月23日 13:11
冰雪秀萌！👍

 2020年4月23日 13:16
好漂亮！

南极半岛——吉尔丹岛
（2月25日 pm）

今天下午的活动：先巡游，后登岛。

南极的浮冰是特别可观的一景，像冰雕，形态各异，很有看头。

这里的蓝冰，晶莹剔透，呈蓝宝石冰晶状。

有的像一架落水的钢琴。

有的像一块被天狗咬了一口的玉石饺子。

更奇特的是，浮冰上有一个翠蓝的圆珠，不知是哪位神仙遗落的一颗蓝宝石。

❄ 冰雕

 罕见，开眼界！谢谢🙏 　2020年4月23日 22:34

奇伟！　2020年4月25日 00:38

華 神奇而美丽！　2020年5月5日 11:37

蓝冰

一架落水钢琴

谁咬了这个饺子

谁遗落了这颗蓝宝石

 美得震撼！👍👍　2020年4月23日 22:04

这些浮冰很漂亮！　2020年4月23日 22:04

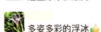 多姿多彩的浮冰👍　2020年4月24日 06:27

 感谢大自然的神奇力量，将座座浮冰打造成巧夺天工的艺术佳品。　2020年4月24日 06:37

一块巨大的蓝冰，其断面造型成一只巨眼，奇特得令人惊诧。冰体的上端，一队企鹅在玩耍，真不知它们是怎么上去的，难不成它们的脚蹼还有冰镐的功能？

漂亮😆　　2020年4月24日 11:17

尤喜3、4、5，有了小企鹅感觉照片更有魅力。　　2020年4月24日 11:46

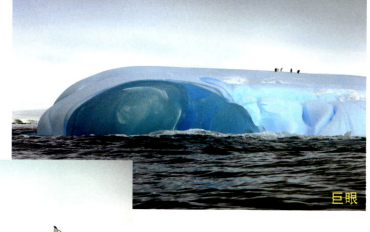

巨眼

一块高耸壁立的浮冰像雪山断崖，立拍，可以突出断崖绝壁刀劈般的陡峭，很有气势。但横拍照到了崖下浅坡处小如芝麻粒的企鹅，有参照，更有趣。

断崖

今天下午的巡游收获多多。看到了成群的帽带企鹅和金图企鹅，在礁石上，在山崖上。

企鹅结队跳水非常有趣，密集的队形，一条线，紧挨着，逐一倒进水里，就像下饺子一样，好玩极了。有金图企鹅下水，也有帽带企鹅下水。宝贝们下水的动作和队列，是极有观赏性的一幕表演秀。

在水里，近距离地看到了成群的金图企鹅泳姿。它们在水面腾起，画一道漂亮的黑色弧线，溅起晶亮的水花，在辽阔的海面，动态地绽放出一串串、一朵朵镶着白边的黑色蘑菇，非常可观。

巡游中，看到最刺激的场面，是**豹海豹吃企鹅**。是的，上午看到的漂亮的豹海豹竟是吃企鹅的凶猛的家伙。豹海豹咬住企鹅，猛甩狂摔，反复折腾，弄得血肉横飞，场面惨烈。成群的海燕围追跟踪，捡食溅飞的肉渣。这一幕看得心疼、厌恶，虽然清楚这是生物链的生存状态。

看得清楚，却没拍到，只拍到捡食肉渣的海燕。

企鹅结队跳水

🕺 第八图棒极了！👍👍👍　　2020年4月24日 10:30

🌸 精彩瞬间！👍　　2020年4月24日 10:48

吉尔丹岛——帽带企鹅

帽带企鹅，个子虽不高，但能攀爬。看看它们粗壮有力的腿脚和锋利的爪钩，就能明白，小家伙们何以常常站在山崖高处和断壁峭石之上。

帽带企鹅头戴瓜皮帽，还配了个帽带，很有喜剧感。它们的侧影和神态，颇像19世纪西方世界戴着鸭舌帽、求发展的浪子青年，尽其所能，把自己打扮得体一些，寻找上进发达的机会，但经济实力和文化素养，尚力所不逮，因此穿着和举止有种滑稽的趣味。

噢，冒犯了，宝贝们……

巡游中，我们这只小艇有机会近距离看帽带企鹅下水。这里地形狭窄不平，宝宝们小心翼翼地试探着。前面有企鹅滑落水里，众鹅便一起观察结果如何。旁边的企鹅掉下去，会立即爬上礁石，重新归队，和众鹅一起排队下水。不知它们是什么规矩。看到企鹅接二连三地落水，又争先恐后地往上爬，太好玩了！而正面路口的企鹅们，没有一个是走下去或跳下去的，也是一个个滑下去或掉下去的。开始，还有企鹅想爬回来，后来，落水的多了，也就渐渐地在水里游走了。

这一幕，看到了企鹅宝宝们下水学游泳的情态，童趣十足！

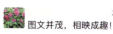
2020年4月24日 11:19
图文并茂，相映成趣！

2020年4月24日 11:56
和您一起认识了这么多企鹅😊

2020年4月24日 14:44
图好文更有趣

2020年4月24日 20:22
赵姐拍得好，描述更有趣，很入境，难得的两栖佳作。👍👍👍

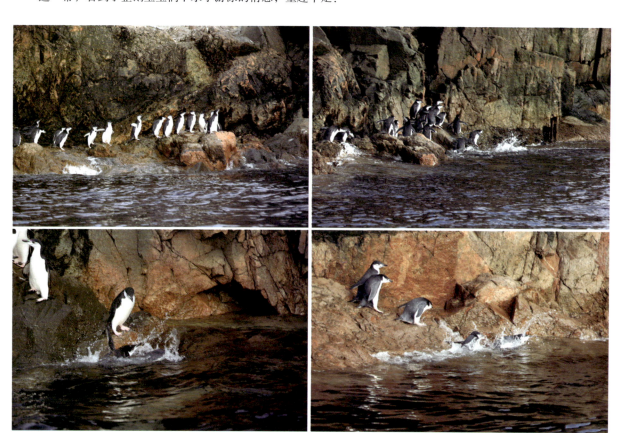

凌空一跳

吉尔丹岛 ——金图企鹅

　　巡游之后，我们组登上了小岛。岛很小，也就能容下几十人。天已向晚。**企鹅们开始结伴归巢**。海边的礁石上还有稀疏的背影，是否在等待浮冰上玩耍的伙伴？我们也该回船了。

　　在等船时，一个企鹅宝宝在我们身边，众目睽睽之下，泰然戏水，旁若无人，心理素质不错。宝宝身上挂着水珠，脖子上飘动着乳毛，很可爱。

在船上，巡游和登岛之前、之后，可以畅拍这白色大陆上的**雪山**。

雪山线条细腻精美，木刻效果的画面感很强。有的画面完美得如同高水平的画作，令人百看不厌。

水墨画！铅笔画！👍👍👍　　　　2020年4月23日 21:50

美！　　　　2020年4月23日 21:53

天灰暗，云浓重。傍晚，云开缝隙，露一线晴天，让我们看到了天边**晚霞**一抹耀眼的霞光。

霞光里，海上浮冰显出各种轮廓，仿佛天边崛起的各式建筑。一片霞光中梦幻般的城池。

南极半岛——西尔瓦湾（2 月 26 日 am）

　　这是进入南极半岛的第二天。早晨醒来，已经到了西尔瓦湾。

　　朝阳从厚厚的云缝里射出一束阳光，给人一线期盼。很快，阴云退却，旭日挺进，山水镀上了一层金光。又很快，阴云袭来，阳光隐退，又是平平淡淡的阴天气候。就这样，半阴半晴，多阴少晴，反反复复，让人不再心有企盼了。

幅幅都难得一见的画!　2020 年 4 月 25 日 16:10

　　这里水面平静，雪山秀美，一切静好；不染俗尘，清澈透明，一片净土。

罕见奇观👍👍👍　2020 年 4 月 25 日 15:22

静!👍　2020 年 4 月 25 日 19:03

最纯净的世界!　2020 年 4 月 25 日 20:29

新奇　2020 年 4 月 25 日 15:49

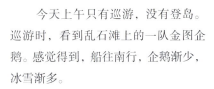

今天上午只有巡游，没有登岛。巡游时，看到乱石滩上的一队金图企鹅。感觉得到，船往南行，企鹅渐少，冰雪渐多。

远处无雪的山坡上有一个科考站，红色的建筑非常醒目。

水面上密布着大大小小的浮冰，巡游的小艇就在浮冰里穿行。碰撞、颠簸，有点像乱石堆里行车，提心吊胆地听着皮艇与冰块的摩擦和撞击。

天空半晴半阴，阳光把浮冰照亮，阴云增强反差，衬托得浮冰更加耀眼。这气象成就了景色的特效效果。

2020年4月25日 19:01
点点红的点缀，好美！👍👍

2020年4月25日 16:09
真美！尤其是在蓝天白雪的背景下，红色皮划艇和红色作业服更醒目，真漂亮！

西尔瓦湾——白冰

今天上午看足了浮冰，大开眼界。

白冰，最常见的浮冰。有的粗粝沧桑如雪，有的洁白光润如玉，有的蒙尘垢面土黄，有的肌理藏泥暗灰……有的塑形，有的镂空……千姿百态，琳琅满目。

君可见精巧上乘之冰雕？天公之技绝矣！像千年老树的根，圆圆的树桩已经神奇，还有根系之间的空隙，雕镂得恰到好处，形神兼备，堪称精品……

浮冰上有企鹅和海豹，此时它们太小，已经不在聚焦之中了。

 2020年4月26日 10:19
造型各异，色彩斑斓，天然冰雕，世所罕见。

 2020年4月27日 16:50
真开眼界

 2020年4月25日 16:40
真可谓是冰雕！

2020年4月25日 17:00
令人神往！

2020年4月26日 19:20
好梦幻😊

2020年4月25日 19:06
今日三组27张我已全部转发。反映甚佳。谢谢你有感而为的作品。

蓝冰，在冰岛的冰湖里见过，但没这里的纯净清澈、晶莹通透。

黑冰，第一次听说，第一次看到，不知别处是否也有。黑得纯正浓重、漆黑乌亮。

千年结晶
冰之奇品

有一大块浮冰，白蓝黑三种冰齐备，是为奇观中的奇观。

 南极的冰千姿百态，不仅有白冰、蓝冰，还有黑冰！我去北极也看到像蓝宝石一样、晶莹剔透的蓝冰，但没见过黑冰，看你照片中的黑冰并不是被污染后变成黑色的冰！　　2020年4月26日 18:01

 美啊😍　　2020年4月26日 19:15

 宝石蓝！　　2020年4月26日 17:16

 冰竟能这样美！　　2020年4月26日 17:17

 太棒了👏　　2020年4月27日 14:43

美极了👍👍👍　　2020年4月27日 11:23

 这里真的好，好漂亮呀真棒！✌️👌⛄️🍺😄😄😄　　2020年4月27日 12:06

 是大自然赐予勇者的！🌹🌹🌹　　2020年4月27日 12:50

冰之奇观

有一块非常独特的**黑冰**，真正的黑。为何这么黑，不得而知。网上有说法：冰里的空气被挤压干净，不能折射光，因此黑色，而出水则透明。细想，有道理。问题是裸露在水面上的，为何还这么黑？细看，它也是透明的，是密度太大，不能折射阳光，因而乌黑吗？小艇围绕这堆冰转了两圈，惊奇得我们目瞪口呆。我想象：这是一个精美的龙宫大门，游进去，没准儿是海底黑水晶建构的恢宏气派的精美宫殿，龙王爷是否在宫殿里自豪地安坐？

探险队员 Eric 冒险捞起水面上漂浮的小块黑冰，给我们观赏把玩。我们兴奋得如获至宝，摆在船头，景仰有加。我喃喃自语：百年老冰，精彩杰作，这是一个冰晶的奖杯。船友纠正：这不止百年，是千年！这是个企鹅奖杯。嗯，形象，巧妙！忽然，船一颠簸，奖杯滚落，摔断了半个头，就成了现在这个仰头的模样。

看网文得知，黑冰得经过上万年的孕育凝结，方可成型。蓝冰也得孕育千年。

万年结晶，何等的稀奇难得！晶莹璀璨，通透明亮，可是万世纯洁精灵的结晶？其圣洁神奇的光芒，吸引着无数爱慕迷恋的眼光。

我坐船头，有幸抱起这两块黑冰拍照。非常感谢船友 Xin 给我拍的这张漂亮的照片。

万年结晶
冰之神品

企鹅奖杯

龙宫大门

好神奇，好美妙啊！
你手捧的不是黑冰吧？看着是透明的。
2020年4月27日 21:35

奇幻的世界😣
2020年4月27日 13:32

回复赵卓：黑冰，红大姐🌹绝配🌹搅得
南极升温炫色🐧🐧🐧
2020年4月27日 22:39

透明的黑冰，神奇！
2020年5月5日 12:06

入口点——观座头鲸
(6月26日 pm)

下午到入口点。湾里多鲸鱼，今天下午的项目就是坐小艇观鲸鱼。想想，都觉得新鲜、刺激、爽！

天气阴沉，浓云密布。雪山浮冰依旧洁白静处，宣告着这纯净安然境界的永恒。

座头鲸是海洋中的庞然大物，雄性最长身长可达18米。在船上，就可以远远看到它们呼吸喷射出来的冲天水柱。在水里，它们弧线的巨大躯体，像潜艇，像鱼雷，赫然醒目。腾跃时，它们翘起宽大漂亮的尾鳍，在海面倏然绽放一株两叶对称的巨型芽苗。它们的前翅超长，可达5.5米，水中竖起，像桅杆，像收束的小帆。因此它们有一个别名：巨臂鲸。它们的头宽大扁平，上面疙疙瘩瘩的包块隆起，丑陋而恐怖。

它们在我们小艇旁边游走，庞大的身躯已经构成威胁。偶尔，小艇边沿突然冒出一个"鳄鱼"式的粗粝的鲸鱼大头，吓得我腿软，立刻坐回船尾，紧紧地抓住绳索。我特别担心，座头鲸一拱头，会把小艇掀翻；座头鲸一张嘴，会把我悄悄地拖下水……小心翼翼地问Eric，他告诉我，座头鲸性情温顺，在小艇周围出没游玩，是出于好奇。

哦，我虚惊了一场。

惊喜惊恐的
零距离接触

209

这是进入南极半岛的**第三天**。

今天上午两个项目，一是登岛朱格拉角，一是参观拉克罗港的企鹅邮局。

我们金图组先登岛。依旧是"搂草打兔子"，先把周边的环境拍一下。这里山峦黧黑，雪被巨厚。岛上的一排山头比肩排立，Eric 戏称是一个白雪公主和七个小矮人，很形象有趣。可惜我的镜头广角不够，收不进来白雪公主，只有七个小矮人。

企鹅依然是小岛的主角，而**鸬鹚**们雄立礁石的制高点上，振翅起舞，很是抢眼。

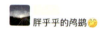 胖乎乎的鸬鹚🤭　　2020 年 4 月 28 日 10:38

 抓拍的好！　　2020 年 4 月 29 日 13:54

岛上东侧有个**金图宝宝**的幼儿园，游客一出现，宝宝们就会凑过来，好奇地触碰游客带来的物品，借机丰富自己的阅历和体验。更有乳毛浓浓的小宝宝，黏人如同黏着父母。

海狗的前鳍（肢）略长且矫健，所以它能高抬头，陆地上可以奔跑、登爬，这是海豹所不及的。爬坡的海狗远看好像一头狗熊，足以看出海狗擅长陆地行走的优势。

好奇宝宝😊   2020年4月28日 10:37

好可爱的企鹅   2020年4月28日 14:09

观察仔细。   2020年4月28日 14:32

拉克罗港——企鹅邮局

　　这里原是英国的科考站，现在是南极半岛的一个**邮局**。工作人员都是女性，是志愿者。看了她们的一个纪录片。她们要把南极旅游旺季的大批信件整理好，在冰封之前发往英国，再分发世界各地。南极岛上生存条件很艰苦，还要做繁杂的工作，照顾岛上的企鹅，她们很棒。非常敬佩她们的事业心和吃苦精神。

　　船友们登岛，排队进屋，边参观边忙着发明信片，很紧张。我不懂英语，什么也做不了，只看着别人买纪念品，买南极登陆证书（事后得知）。不过，我参加了护照集体盖章的活动，留下了一个印记。

 2020年4月29日 21:31
寥寥数笔，勾勒出南极志愿者的工作、生活的特点：原来那并非无人的世界，却是真正的天涯海角！此行太值了。

 2020年4月29日 23:35
不负此生。

 2020年4月29日 23:36
人与人文明差距太大了！

南极半岛——天堂湾
（2月27日 pm）

下午抵达**天堂湾**。

天堂湾是南极半岛一个非常有名的景点。这个湾三面环山，是个天然的避风港。海风不进，波澜不兴，水平如镜。

因水平如镜，天堂湾的倒影能达到非常逼真的镜像效果。一般的旅友都会晒形影一致、难辨虚实的照片，来显示海水倒影丝毫不逊色于镜子的纯真明亮的效果。其水平线为横轴，形影对称，清晰真切地难分真假虚实、形影本末。

我不太喜欢因对称而改变整体构图（如图，倒影太清晰就会突出一个黑黑的大蟾蜍，而掩盖了雪山的靓影，由此而喧宾夺主），所以我的照片有倒影，但不能干扰景物的本形。

然而，这样的拍照无形之中贬损了天堂湾倒影的超高清质量，不得不特此说明。

倒影

2020年5月1日 12:32
不虚此行 👍👍

2020年5月1日 13:13
真假难辨

2020年5月1日 23:45
清爽，梦幻！👍👍👍

2020年5月2日 16:05
主次分明，少有的构思。

213

天堂湾里天堂景，**冰雪世界**也灿然。

在这里，可以近距离看冰川，冰川宽得更像是雪野，它时不时地发生冰崩，引起巡航的船友们一片惊呼。看来，它也是个活冰川。

今天天气不错，有云，也有蓝天。阳光照射在雪山上。雪，白得耀眼，山，黑得精神。光影增强了雪山的立体效果，细节清晰，轮廓鲜明，让雪山有了洁白清朗、光鲜亮丽的亮相。

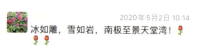

2020年5月2日 10:14
冰如雕，雪如岩，南极至景天堂湾！🌷🌷🌷

2020年5月2日 11:12
漂亮！👍🌹🌹

雪山
靓影

天堂湾里我们不寂寞。

上午，在拉克罗港水域，看到了同游南极半岛的一只**双桅杆大帆船**，还有一艘看上去比我们大的**大轮船**。看来这里旅游者的密度比较大。南极半岛的登岛点容量是 50 ～ 100 人，不可能两艘船同游一个岛。因此，船到热门的登陆点之前，需要联络安排，避免"撞车"。不同船上的游客们也不会在岛上相遇。

下午，那只大帆船一直在我们的视野里，并始终与我们相伴。它很漂亮，是天堂湾全程一直吸引我镜头的亮眼模特。我们擦肩而过时，互相挥手致意。很佩服他们驾帆船航海、走南极的勇气。

那艘大船停泊在海湾的一隅，与我船遥遥相望。他们船大人多，不知是否和我们一样的玩法。

下午安排**爬雪山**。照片中小红房后面的山包就是我们登顶的目标。探险队员 Eric 事先踩出登山路线，并沿山边陡峭处开出一条滑雪沟槽。上山走上去，下山滑下来，很好玩。年轻的船友们反复上下，乐此不疲。脚朝下的，头朝下的；坐着的，躺着的，趴着的，各种姿势快速下滑。勇敢而有创意的，下滑速度飞快的，博得阵阵掌声和喝彩。人们在刺激的速降中，兴奋地撒欢儿，享受无拘无束的快乐时光。

上山有些滑，山顶有点陡，下滑速度快，这对我们老年人来说，有挑战性。一位澳大利亚籍的中国台湾老妇人，去年来这里时就没上去，今年也不准备上去。我比她大，鼓励她慢慢试一下，结果，她登顶了。

我是从滑道上滑下来的，速度很快，下面有硬的凸起，很硌人，滑到底，棉衣兜了许多雪，赶紧抖落，否则会湿了内衣。尽管如此，速降过程中的刺激还是让人爽极了！

 姐，下山那段好生动，说得人心里痒痒的。听着都过瘾！👍🤝　　　2020年4月30日 22:07

🌸 回复赵卓：挺好玩，类似小孩玩的滑咪溜。😁　　　2020年4月30日 22:09

🎿 赵卓　　　2020年4月30日 22:34
回复　　：没错，就是滑咪溜😁💪小时候滑的是冰，这会滑的是雪。不过，这雪道比较陡，还有弯道，和人趴在雪橇上、在滑道里速降的那种体育竞赛相似。

 好想滑一次😍　　　2020年5月1日 20:38

爬雪山

登顶之后，**凭高环望，山水极美**。尤其是乌云飘移，暖阳漏隙，带来光影变化，极显魔幻。

看雪山，看倒影，看雪地上一条小路延伸到红色的科考站，看一叶扁舟似的大帆船，看一队雁阵似的皮划艇……光影变幻之中，一种魔幻世界的错觉。

魔幻美景

傍晚有**雪地露营**的项目。原本是安排在昨天，但天气不好，改在今天。这个项目我没参加。在房间里，还因为腿抽筋而无法安睡，若在冰天雪地里，仅靠薄薄的帐篷和睡袋，不知怎样才能熬过这寒冷难耐的黑夜。

巍峨高耸的雪山脚下，支起了一排鲜艳夺目的红帐篷，有如绽放着一排美丽耀眼的红蘑菇。红蘑菇衬托得雪山更加高俊雄伟，同时也点亮了银白世界灿烂的一幕。

在船上用索尼小相机的长焦，拍下船友们在雪地里安营扎寨的画面。有点虚，还能看。中青年的船友们纷纷参加体验，很羡慕并佩服他们的勇气和精神。

南极半岛——尼克港
（2月28日 am）

这是进入南极半岛的**第四天**。

清晨，雪地露营的船友们回到船上，船随即开始了今天的行程。

天公作美，给早起的我们一缕灿烂的阳光。

雪山尚未从晨昏中醒来，在暮气渐渐淡化的阴影笼罩之中，静静地沉睡着。阳光穿透晨雾，点亮雪山的一个点，一个面，一片区域，直至照亮全部轮廓，唤醒雪山身披霞光、容光焕发地挺立在晨曦之中。暗黑的水面，也在阳光的映照之下，变亮，变蓝，变得金辉灿然……这是我们此前行程中难得的一个**美丽的晨光**。

2020年5月1日 12:46
幅幅画面都精美，最为醒目的还是红色帐篷和红色人！🌹🌹🌹

2020年5月1日 13:52
美极了🌹🌹🌹

2020年5月1日 22:02
有陪衬才更显得雪山壮观

早上好，南极雪山，美丽的晨光！

一路上，晨光陪伴，霞光灿烂，把天堂湾的山水晕染得精美如画。绯红的朝霞，给素雅的雪山披上绚丽的彩衣；辉煌的朝阳，给黯淡的雪山镶上耀眼的金边。海平如镜，倒影斐然，映衬得晨光更加璀璨明媚。我们的船划破平静的水面，荡漾出层层波纹，把明镜式的静态画面，拉成五彩交融的动态水线，幻化成斑驳陆离的幻觉视界……啊，今天的晨光令人着迷！

漂亮　　　　　　　　　　　　　2020 年 5 月 3 日 15:17

终于见到阳光啦！更美了　　　　2020 年 5 月 3 日 15:46

每张都是大片！👍👍👍　　　　　2020 年 5 月 3 日 22:49

赵卓　　　　　　　　　　　　　2020 年 5 月 3 日 22:53
回复　　　：因为这是上帝的杰作哈。

美极了！　　　　　　　　　　　2020 年 5 月 5 日 21:24

好棒啊！像一幅幅美丽的油画！　2020 年 5 月 6 日 09:42

光线抓得好　　　　　　　　　　2020 年 5 月 5 日 21:02

个个精彩，幅幅奇异！太美啦！　2020 年 5 月 5 日 21:15

太美了👍👍👍　　　　　　　　　2020 年 5 月 5 日 21:15

非常美的晨光冰山　　　　　　　2020 年 5 月 5 日 21:16

光影下的冰山更加夺目！　　　　2020 年 5 月 6 日 18:24

前往尼克港时，遇见一个**科考站的铁塔**，一束阳光投射在塔上，有如舞台凸显角色的追光，把铁塔烘托得气宇轩昂，格外醒目。它大概属于智利的科考站吧。都记不清，这是南极半岛上我们看到的第几个科考站了。

南极半岛的浮冰也是看不够的景。巡游时，角度低，能靠近，若遇上光线合适，就能抓拍到"南极质感"的镜头：空灵、静谧、圣洁、璀璨……

2020年5月4日 16:14
这色彩搭配得太奇特了！在寻常地方，一千年也不会遇到这样的组合。

 赵卓
2020年5月4日 16:27
回复　　：这是阳光投射造成的，还是上帝的手笔😊图5的浮冰金灿灿的，我也没想到。

2020年5月4日 16:31
回复赵卓：嗯，怪不得，太难得一见了。

2020年5月4日 16:58
不虚此行！

2020年5月4日 18:13
拍的很不错👍

2020年5月4日 22:48
最具南极特色的景观，奇异美丽！

2020年5月4日 16:11
奇特的造型，令人遐思！

2020年5月4日 16:17
每每看到浮冰的海蓝色就浮想联翩

圣洁的南极浮冰

　　到了**尼克港**，我们金图组是先巡游，后登岛。尼克港也在天堂湾里，景色依旧纯美迷人。

　　阳光明媚，我们终于拍到了晴天的雪山！

　　天空碧蓝，云雪洁白，好一个**澄澈通透**、**光鲜亮丽**、**纯洁圣美**的南极天地！

　　真希望自己变成那朵空中的云，守候这清纯，守候这圣洁，守候这明媚，守候这壮美！

天空好纯净😊　　　　　　2020年5月4日 09:20

巡游时，一块大如 Mini 小岛的**浮冰**上，一群**金图企鹅**在玩耍。我们坐在小艇上，围着浮冰转圈，仰着头，目光灼灼地盯着这群可爱的宝贝。

依我所见，南极半岛的企鹅，比起南乔治亚岛的，其种类要少，族群要小，活动范围没那么开阔，生存环境没那么美好。但能在冰雪上出现，它们还是超级可爱的。尤其是在陡峭的浮冰上，在洁白晶莹的高台上，黑白参半、憨态可掬的小巧身影，格外让人心生怜爱，巴不得把这些冰雪世界里精灵的一举一动，统统纳入镜头，印在脑海。

 2020年5月4日 15:58
这么大的浮冰啊！这些企鹅真有趣，有的像是在开会，有的像准备长途跋涉。😁真是难得的镜头！

 2020年5月4日 17:01
难能可贵的极冰世界、难能可贵的赵卓同学！

 2020年5月4日 17:27
主要是总在水边待着没意思，出去溜达溜达！✌

 2020年5月4日 17:44
外甥女在去南极的路上辛苦地拍照、又加上形象的比喻说明，我们坐在家中分享，真是大开眼界和幸福的享受！

 2020年5月4日 18:16
小企鹅也欢迎你们的到来

 2020年5月4日 18:17
是的。拍摄很辛苦的事情，我们在家里享受，真是难得的。真好。感谢你让我们开心快乐哦！

浮冰高台上还有一只**海豹**。企鹅有脚，怎么爬到又陡又滑的冰台上，已够费解的了。海豹没脚，只能匍匐前行，怎么也在高台之上呢？匪夷所思呀！

尼克港——登岛

巡游之后的项目是**登岛爬雪山**。登岛点左侧的浅坡上，有一群金图企鹅**小宝宝特别黏人**。爬到游客的肚子上，闭目小睡；靠近游客，试探着啄游客的鞋和衣裤；走向游客，好奇地穿过游客的胯下，就像走进一扇新奇的门……一些船友索性坐在或躺在屎迹斑斑的碎石之上，和鹅宝宝们玩得兴致勃勃。

登岛点右侧，沿着岛岸爬一段乱石参差、残雪斑驳的地段，就可以转向冰雪覆盖的山坡。坡有点陡，地面结冰很滑，极小心地举步，唯恐摔跤。刚走了几步，遇到了从山上下来的70多岁的澳大利亚籍华人，他拄着登山杖，热心地唠叨着。辞别他，我转身爬山，可是他一再说"我有话跟你说"，我只好停步、转身，结果，脚下一滑，结结实实地摔在地上。艰难地爬起来（地太滑），还好，胳膊腿无恙，手里的单反相机还能拍照。不幸的是，脖子上挂着的索尼相机摔坏了屏幕，无法再用。谢绝了老先生借给我登山杖的好意，断了爬山的念头，找块大石头，坐在岛礁上，看企鹅下山、游水。

山坡上，**企鹅们**有自己上下雪山的"高速路"。它们在"**高速路**"上半走半滑地行进着，其小心翼翼的碎步之态和人一样。摔倒了，就肚皮当船，双翼当桨，滑一段，爬起来，再走。这使我想起在阿根廷的埃尔卡拉法特，小姐俩的妹妹从山坡上下来，蹭着小碎步，摔个屁蹾，就势在草坡上滑一段，站起来再走，再滑……跟这些企鹅一样，其可爱憨萌之态，让人怜爱不已。

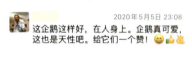

2020年5月5日 23:08
这企鹅这样好，在人身上。企鹅真可爱，这也是天性吧。给它们一个赞！😄👍🙌

真好玩啊！

太棒了！

太有意思了！

可爱！👍

好奇宝宝😊

水边上，大宝宝们在练游泳，游出去再游回来，动作流畅，速度极快，如同水中穿梭的黑色闪电。练跳跃泳姿的宝宝们，在平静的水面上弹起一颗颗黑色的身影，激起一圈圈荡漾的涟漪……

尼克港——极地跳水

从岛上回船，开始了南极游又一个刺激性的项目：极地跳水。我准备了泳衣，但还不能决定是否跳水。毕竟年龄大了，刺激过大，衰老的血管和心脏能否承受？

参加跳水的人排成长队，聊天的、拍照的，手舞足蹈，笑声连连，感觉得到他们的兴奋和激动。穿泳衣的，穿睡衣的，穿健美服的，穿国旗装的……五花八门，乐趣多多。我深受感染，决心冒险一搏。

船友们给予我鼓励，呐喊助阵，激动得我热血沸腾，纵身跳下。只觉得入水很深，仿佛闯进碧蓝的水晶宫中，清凉的玉液温柔地抚弄，雪白的泡泡欢快地跳跃，啊，感觉真爽！也许是挑战冰水的思想准备很充分，也许是冒险一搏的精神太亢奋，海水并没有想象的那么冰冷，只是凉爽，非常惬意的凉爽。上来之后，激情仍然释放着热量，不需要披浴巾，不需要喝暖身的酒，不需要进驱寒的桑拿房，只想延续这种惬意凉爽的感觉……

事后看到船方给跳水者拍的照片，才知道，跳水不仅重在参与，还有出色的表演。动作高难、夸张、搞笑，服装也是创意独特，怪不得人们穿着奇装异服跳水呢。

 2020年5月6日 12:21
您真勇敢！👍👍👍🌹🌹

姐，健将啊！🌹🌹 2020年5月6日 12:22

勇敢的女神👍👍👍 2020年5月6日 12:35

真够棒的！ 2020年5月6日 12:38

厉害！ 2020年5月6日 11:53

真好！凉吧？ 2020年5月6日 12:05

十万个赞👍 2020年5月6日 12:59

近70岁的外甥女特棒！为你👍👍👍 2020年5月6日 13:01

你太棒啦！ 2020年5月6日 13:08

赵阿姨，您太棒了👍👍👍 2020年5月6日 13:10

赵老师勇敢👍👍👍 2020年5月6日 13:19

姐，真的，一点老年人的样子都没有。👍 2020年5月6日 13:30

王志文 佩服👍你本身就是运动健将 2020年5月6日 14:11

谁说女子不如男？赵卓，太厉害了！👍 2020年5月6日 14:38

👍👍太厉害了 2020年5月6日 14:44

厉害了我的姐👍 2020年5月6日 16:01

棒极啦！ 2020年5月6日 18:16

羡慕👍👍🌹🌹 2020年5月6日 18:18

佩服👍👍👍 2020年5月6日 20:58

太刺激了！你真勇敢！👍 2020年5月7日 23:28

您太棒了👏👏👏 2020年5月9日 18:35

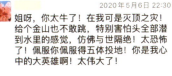 2020年5月6日 22:30
姐呀，你太牛了！在我可是灭顶之灾！给个金山也不敢跳，特别害怕头全部潜到水里的感觉，仿佛与世隔绝！太恐怖了！佩服你佩服得五体投地！你是我心中的大英雄啊！太伟大了！

南极半岛——多曼湾
（2月28日 pm）

今天下午原计划是要登一个岛的，因气象预报明后天德雷克海峡有风暴，我们的船得提前前往，以躲避风暴。于是，今天下午的行程改为过多曼湾，然后直奔**德雷克海峡**。

这就意味着南极半岛游已进入尾声，今天下午是观赏半岛的最后一刻。站在甲板上，聆听着风暴来临之前的宁静，目送着雪山浮冰一一掠过，依依不舍之情油然而生，久久不忍离去，直到望断最后一块浮冰和最后一个岛礁，进入空旷辽阔的海域……

船在多曼湾行驶，沿途的景色依旧是冰雪。看过天堂湾精彩的美景，这里的雪山浮冰已经不再让人新奇惊叹、兴奋不已。但将要离别的不舍之情，促使我深深地凝望着这些冰雕雪塑，端详其形态、线条，品味其神韵、趣味，感受其独特和奇美。

不舍离别

一块构思宏伟、工艺精湛的**巨型雕塑**。

一块浮冰宛若身袭长裙、优雅回望的贵族少妇。

造型之精美，工艺之精细，不由得感叹造物主的鬼斧神工。

雪盖、浮冰渐少，黑色的礁石出现。又遇到一个科考站和一只小帆船，这几乎是半岛的北端。

很快，走过铁塔，走过礁石，船进入了无冰雪、无礁石的开阔海域。

 奇妙的时光之旅
2020年5月7日 23:03

 这样的世界里走一回，人生感悟也会有大变化吧？
2020年5月7日 01:21

 真美！
2020年5月9日 18:45

再见，南极半岛……

德雷克海峡（2月29日～3月1日）

魔鬼
海峡

我们将在具有"**魔鬼海峡**"之称的德雷克海峡航行两天，接受恐怖的风暴考验。有担心，也有期待，因为这也是一次难得的体验。

德雷克海峡位于南极大陆和南美大陆之间，大西洋和太平洋的暴风都光顾这里，是名副其实的"**暴风走廊**"。据说，十米以上的海浪是家常便饭，二十米以上的海浪也不少见。网上有旅友讲自己不晕船，但过海峡时还是晕得卧床不起。

我给自己备足了晕船药，心里踏实，状态一直不错。这次，不知自己能否站着直面九米大浪的挑战。

从昨晚起，船开始明显地摇摆。厉害时，行走者如同醉汉，左扑右撞；入睡者，如卧摇篮，起落颠簸，又刺激又好玩。今早起来，桌子里的、浴室里的东西掉在了地上。舷窗外面，掀起的大浪高过天际线，把一轮红日激情地托举。

这样的风浪，无法去甲板观景，只能躲在船舱里，隔着玻璃看白浪滔天，雪崩般震荡。

以前水边看浪，一波涌起，一波退下，脑海里的印象是波浪、波澜、波涛。浪之波，柔之美也。现在海里看浪，高大宽宏如巨峰倾覆的浪山，深陷险恶如坠落地裂的浪谷，黑压压、阴森森的，只有惊悚，没有美感。看着海浪凶险恐怖的一幕，心里暗自吃惊不小。

2020年5月9日 00:49
南极游不仅要求身体好，对心理素质也是挑战哦。

2020年5月9日 05:31
太刺激啦！浊浪排空，日星隐曜！

2020年5月9日 06:12
姐居然不晕船，佩服佩服！

2020年5月9日 09:05
卓，给你点赞！你是神啊！

2020年5月9日 09:15
九米以上的大浪，太恐怖了！想想头都晕！你真厉害！👍👍👍

2020年5月9日 19:40
能来南极真的需要勇气！

2020年5月9日 23:45
确能令人产生恐怖感！

赵卓 2020年5月10日 08:50
回复　　　：是的，冯老师，看着黑色的高高的浪峰、深深的浪谷，排山倒海般涌动，仿佛看到死神在狂舞，恐惧感触电般传导到灵魂深处。

讲座 1

有船友昨天看到了**虎鲸**，专家们为此开了座头鲸和虎鲸的系列讲座。给我印象最深的是虎鲸捕杀座头鲸。虎鲸凶猛，是食肉动物，又名杀人鲸。它比座头鲸小，身长是座头鲸的 1/2～2/3，体重约是座头鲸的 1/5。虎鲸常常家族行动，围猎座头鲸，打的是消耗战，直到把座头鲸逼得力尽而死。虎鲸咬不透座头鲸厚厚的皮，因此吃不到肉，但座头鲸的舌头就够它们美餐一顿的了。捕杀一个庞然大物，只为吃其舌头，这情节太离谱，太不可思议了！动物的世界搞不懂。

……

午饭时，**风浪**更大，在餐厅，可见巨浪拍船头，撞起高高的浪墙，非常壮观。船身起伏跌宕，左右摇晃。餐厅的座椅尽管固定着，但人还是被晃得东倒西歪，连连惊叫。一个船友想拍大浪，几次都被晃倒了手机，他逗趣儿地说，拍到尖叫声比拍浪的效果还好。

晚上的例行会上，船方发布了好消息：我们的船躲开了风暴，在两个风暴区之间穿过。

我们遇到过九米的大浪了吗？ Eric 回答：今天船晃得最厉害时，浪有九米。哦，当时我们在餐厅被晃得左摇右倒、大呼小叫，好不热闹。还好，只是一阵子，很快就平稳下来。

这两天听讲座、看视频，收获颇多。BBC 的纪录片很不错，以后找来多看看。看过、听过的内容有些记忆深刻，萦绕脑海，久久不忘。

讲座 2

讲座讲到**英国探险家斯科特和挪威探险家阿蒙森竞争抵达南极点的故事**。**阿蒙森**没有南极探险经历，但他选对了适应南极气候的 52 只爱斯基摩犬，一行 5 人成功夺魁，在南极点插下了挪威国旗。**斯科特**是有探险经验，并且富有指挥才干的少校军官。他精选生物学家、矿物学家和地质学家组建了 5 人的科考队伍，装备了 15 只矮种马，2 部摩托雪橇和 33 只狗。可是，很快，马病倒了，雪橇抛锚了，一行辎重靠人拉背负，极其辛苦，速度缓慢。他们 5 人比挪威队晚了一个月抵达南极点。当知道挪威队抢先，英国队的沮丧可想而知。返回途中，斯科特们开始采集植物化石和矿物标本。为尽量多地收集这些化石标本，他们延误了归期，在遭遇的暴风雪中全部罹难。

阿蒙森和斯科特先后抵达南极点，标志着人类战胜了艰苦卓绝的恶劣环境，成功地踏上了这个冰封雪盖的寒极大陆。他们的英雄壮举，为人类认识、勘察、研究、利用南极这个地球上最后一块未知的大陆架起了通达的桥梁。他们的贡献是伟大的、功垂史册的。

这个讲座给我印象最深的两点，一是正确的方法是成功的关键，阿蒙森的取胜就在于他们用对了爱斯基摩犬。斯科特装备精良，人员精干，但不适合于南极，结果事倍功半。二是斯科特们虽然未能夺冠，但他们坚持科考，一路采集化石标本，为地球板块漂移变迁学说提供了坚实的实物支撑。他们为探险历尽艰辛，为科考献出了生命，同样是令人敬仰的英雄。美国在南极点建科考站，命名为阿蒙森—斯科特，就是对两位探险英雄高度的评价、由衷的推崇。

视 频

我们还看了一个**金图企鹅的视频**——貌似单纯可爱的金图企鹅们也有纠葛。有两个镜头令人印象深刻。一是一只企鹅衔石筑窝，旁边的一对企鹅却偷现成的果实。搬来一块，被偷一块，忙活了半天，自己的窝点还是光光的一无所有。终于抓住了偷窃者，刚要理论，又遇到另一个偷窃者偷取刚刚搬来的唯一一块石子……企鹅世界也有好逸恶劳、偷窃欺人者呀！二是一只企鹅宝宝进入鹅居点，遭到成年鹅的攻击，被活活叨死。它的同胞兄弟众目睽睽之下，头贴着尸体，躺下来，表示哀悼，然后默默离去。如此残忍的凶杀，不可理解！问及船友，答曰：宝宝违反了族规。哦，企鹅世界竟然是个宗族法治社会呀！真长知识了。

下午，船上举行了**告别仪式**，工作人员一批批登台辞别。这些熟悉可爱的面孔将留念在心中，深深地感谢他们一路上的优质服务！我们餐桌的服务生是个菲律宾的帅小伙，五个孩子的父亲（有两对双胞胎）。他言语不多，服务非常细心周到。还有探险队员们，平时穿工作服，不觉得怎样，这会儿换上便装和礼服，个个帅爆了！真的很感谢他们，很喜欢他们。

告别仪式之后是**抽奖拍卖**环节。最热闹的是拍卖我们这次航行的舰旗，风浪撕毁了旗帜的边缘，留下它辛苦卓绝的业绩。它被一位执着想要的探险队员收藏，拍价好像是 300 美金。一位女船客和他较劲竞价，几番冲高之后，不得不铩羽而退。竞拍的场面挺火爆。

我们的船已换上新的舰旗，回到了南美海域。傍晚，到了乌斯怀亚，全部航程结束，就等着明晨离船登陆，各奔东西了。

再见，可爱的 G Adventures 船！

再见，亲爱的船员们！

再见，难忘的南极三岛！

2020 年 5 月 10 日 17:16

外甥女：你辛苦地游完了南极，留下了美好的回忆！我们也结束了分享观赏的过程，好像也去了一次南极。谢谢你！

2020 年 5 月 10 日 22:09

意犹未尽！没看够！😁

  2020 年 5 月 10 日 11:50

涨知识👍

2020 年 5 月 10 日 12:17

一次勇敢终生难忘的旅行👍👍👍🌹🌹

2020 年 5 月 10 日 13:11

图文并茂，丰富多彩！感谢姐与我们分享！🙏

2020 年 5 月 10 日 13:38

堪称完美的旅程，不可多得的人生体验！

2020 年 5 月 10 日 14:40

你最棒了。南极考察活动收获很多，我们祝贺你，我们一起享受到乐趣和成就感！😄👍👍😊😊😊👆👆

  2020 年 5 月 10 日 15:58

纯净的冰雪世界，嬉戏的企鹅，巨浪中的颠簸。几人能有这样的体验？谢谢你的图文，使我们能和你一起走近神秘的南极。

乌斯怀亚(3月2日)

此次南极三岛愉快而又难舍的旅游结束了。

感谢促成这个旅程的 Muyi！

感谢同程翻译、给予我最大帮助的胡彬！

感谢关心我、帮助我、给予我各种指导、各种支持的同行船友们！

感谢船友 Song Qimin 帮我理清了南极三岛游的路线，成就了这篇游记！

2020年5月10日 12:18
真叫人佩服！👍

2020年5月10日 12:24
谢谢您，让我们跟随您游览南极，大饱眼福！🌹🌹

2020年5月10日 12:26
不舍得赵姐的南极之旅结束，感谢赵姐与我们分享不凡之旅的种种奇特体验和难得之景，虽是"云"游，在赵姐优美传神的文字指引下，仍令大家获得了最真切的审美感受！谢谢赵姐！🙏🙏🙏

2020年5月10日 13:05
谢谢赵卓！

2020年5月10日 13:10
见识了什么叫行云流水，欣赏了什么是视觉盛宴！赵卓，厉害了，图文并茂！

2020年5月10日 13:15
这张好美！👍👍

2020年5月10日 13:22
没看（读）够！潇洒赵卓，何时再出发？

2020年5月10日 14:04
圆满👍

2020年5月10日 15:16
回复赵卓：谢谢！让我也游览了南极，大饱眼福！难得呀！

2020年5月11日 10:49
几天没看朋友圈，赵老师的壮行进入尾声。感谢您的美文美图，带我们畅游南极！

235

伟大的静穆　神圣的纯洁

南极三岛游已落幕，而回味畅想萦绕不绝。套用温克尔曼评价古希腊艺术的句式，我对南极的印象是：伟大的静穆，神圣的纯洁。

盘点一下南极三岛的旅游收获，大致有三方面。

一

去过南极的网友和旅友都有一个相同的感受，即南极美丽迷人的景物让人惊讶、惊奇、惊喜、惊叹……但却没有合适的词语能表达自己的感慨和震撼。这并不奇怪。这块人类难以涉足的极地大陆，一直在我们审美的视野之外，在我们观感的记忆之外，因此，我们语言的词库里没有相应的词汇储存。当看到人类社会见所未见的极地风光，被那融化心扉、穿透灵魂的"伟大的静穆，神圣的纯洁"所震撼的时候，自然唯有啧啧赞叹而又无语表达。而这，恰恰是南极观光最为可贵的价值所在！因为，这种震撼是空前的，感动是空前的。

由此可知，大自然的美是纯粹的，永恒的，不容人类染指破坏的。而人类有感知大自然天然美的本能，并可以以此净化和升华自身的灵魂。所以，崇尚自然，保护自然，敞开心扉，接受洗礼，珍藏大自然给予我们心灵的滋养、润泽和美化。这是南极之旅给予我的一个深刻启迪。

野生动物，我们或多或少地在动物园，在文学、美术、影视作品中见过。但那是一种主人式的有隔阂（介质）的观赏。当我们脚踏南极三岛，进入野生动物的领地，以客人的身份亲近野生动物的时候，我们得到主人们淳朴自然的对待，欣喜地看到了野生动物们可爱迷人的一面。我发现，以平等的心态去看待野生动物，似乎很容易理解它们；用人的眼光去揣摩它们的动作行为，似乎可以产生沟通和共鸣。甚至有时会产生我们都是同类的幻觉，非常有趣，非常开心。因此，在岛上，天天看也看不够；离岛后，还常常想起它们萌萌的样子。这也是从来没有过的。这些野生动物宝宝们，打开了我心灵的一扇窗，赠予我一段甜美快乐的记忆，弥足珍贵。

二

看到网友和旅友说到"见南极风光，悟人之渺小"的感触，我没有同感。旅游中，看到大批野生动物被屠戮，看到冰原在萎缩，我感到了人类的贪婪、凶残和破坏自然的行为失控。看到屠戮停止，野生动物数量恢复，南极开始得到积极的保护，我庆幸人类清醒、勇于纠错的明智之举。人是大自然的产物，与自然万物一样，有自己的生态位置，无所谓伟大或是渺小。但如果妄自尊大，任性胡来，僭越了自己的生态位置，将会给自己和自然万物带来万劫不复的灾难。环境污染，气候变暖，物种灭绝，生物链破坏，大自然已然给人类敲响了警钟。

我们人类确实是聪明智慧的物种，这点我们也不必妄自菲薄。我们可以认识未知世界，可以改善生存条件，提高生命质量，但我们不可以破坏生态平衡，破坏自然规律，率性而为。我们永远是"自然之子"，是自然万物的一分子，保护自然，善待自然万物，也是成全人类自己。过度索取，过度膨胀，破坏平衡，只会自食恶果。在神圣的大自然面前，人类无须探究自身的伟大或者渺小，只要适度、得体，站好自己的生态位置就可以了。这是我此次游南极的又一个感悟。

三

在人类社会中，个体的人是有伟大与渺小的区别的。我们能来南极旅游，能看到极地绝美的风光，就是因为一批伟大的探险英雄，在冰封雪盖、生命绝境的南极，铺就了一条通达的观光之路。来南极旅游，受灵魂洗礼，不仅仅源自景物的感染和启迪，还有一个个英雄故事的感化和敬佩。无论是沙克尔顿带领探险队员，拼搏25个月，绝境逃生，谱写了人类坚毅顽强、激昂雄壮的意志力凯歌；还是阿蒙森和斯科特历尽艰险，向南极点挺进，用人类的足迹，征服了这沉睡亿万年的生命禁区；还有当下一批环保人士，爬冰卧雪，风餐露宿，巡查调研，奔走呼号，不辞艰险，保护着世界上最后的净土。一个个英雄的壮举，一曲曲伟大的赞歌，感动得人心如潮涌，热泪盈眶。英雄的探险精神、奋斗精神、奉献精神，深深地植入到我的心田，赋予我一笔热血衷肠的精神财富。

啊，南极之旅，收获满满！

我爱你，南极！

希望你永葆"伟大的静穆，神圣的纯洁"！

9

归程

乌斯怀亚·布宜诺斯艾利斯·亚的斯亚贝巴·北京

今天将 8:00 下船，坐巴士直奔乌斯怀亚机场，赶乘 10:50 飞往布宜诺斯艾利斯的航班。

在出发去南极时，匆忙发过一个微信，但未成功。昨天到达乌斯怀亚港，有了移动信号时，立刻再发微信，告知平安和归程。收到亲友们大量的问询，非常暖心，也深怀歉意。

20 天的南极之行结束了。天天沉浸在没有网络、没有忧虑、只有极地美景的拥抱之中，真的很享受，很迷恋。紧接着有一个南极半岛＋南极圈半价出游的机会，心很痒，既可以继续享乐，又可以远离疫区，可谓不二之选。但出来日久，已生思乡之念。况且，因疫情，荷兰的航班已经停飞，怎样回国还悬而未决，心无着落，玩也玩不好。如今，好不容易买好了归程的机票，悬着的心已落定，不想再揣着不安继续漂泊了。于是，就有了不舍但毅然的决定：回家。虽然回去会有新的麻烦：申请、承诺、自我隔离、不能打球、不能会友……好吧，盼望国内疫情尽快好转，生活恢复正常吧。

8:00 下船，坐大巴去**机场**。

再见，难忘的南极！再见，美丽的乌斯怀亚！也许不可能，但我真的很想再来……

在飞机上要的是靠窗的位置，又可以航拍了。

看到布宜诺斯艾利斯的游泳池，感到夏季里的一丝清凉。要是能在里面游泳就好了。

落地布宜诺斯艾利斯，同机的船友 Xin 帮我订好了去往旅馆的往返公交车票，省钱又省力，非常非常感谢她。

2020年3月7日 01:43
我所向往的生活。

2020年3月7日 06:55
远离疫区，自由漫步，拥抱自然，此乐何极！

2020年3月7日 15:07
体力、精神可嘉！

2020年3月7日 02:05
您这趟够久的呀！太佩服了！

2020年3月7日 07:06
一次了不起的旅行👍！

2020年3月7日 05:50
欢迎勇士归来🎉🎉🎉

雅典人书店（3月3日）

现在许多国际航空公司停飞中国，国内航空公司票价飞涨。非常庆幸胡彬帮我订上了3月5日的埃塞俄比亚航班。这样我可以在布市休整3天，攒足了精力，好踏上漫长的归程。

今天步行了8000米，办成两件事。

一是去看**雅典人书店**，这得感谢船友 Xin 的提醒。雅典人书店是由著名的大剧院改建而成。这座曾经是布市地标性的建筑建成于1919年，是剧场、电台、唱片公司的综合基地，曾有过特别辉煌的文化传播历史，尤其是探戈的热门传播盛极一时。改装成书店后，特色鲜明。走过豪华的前厅，进入宽敞高大、灯光灿烂的剧场，书列整齐，书香飘溢，立刻被富丽堂皇而又优雅别致的氛围深深迷倒。有包厢阅览室，有舞台咖啡区，有坐着翻书的沙发角，非常美妙的购阅环境。《国家地理》把它评为全球最美书店，真是实至名归。如有可能，我一定要在这里好好享受一番读书、买书的乐趣。

二是满世界找**多用读卡器**，为在旅馆休息时整理一下相机的照片。也许是翻译不清的缘故，要说明白很是费了一番功夫。再寻找这东西，更是碰了无数个钉子。当我在"电器城"的一个店铺里听说有货时，都不敢相信是真的，见到实物（中国制造）才转忧为喜，满意而归。

241

阿根廷贵族公墓（3月4日）

今天与船友夫妇约好去看国家艺术馆，有他们帮助翻译，很期待。但昨晚整理照片失控，今晨2点才入睡，结果，早起已近8点。后因联系不畅，博物馆参观错失良机，颇遗憾。

接着前往今天第二个景点：布宜诺斯艾利斯国家公墓，也称贵族公墓。

此前，从未关注过墓地文化。在北京，参观过皇帝陵墓，只落得一个晦暗、潮湿、恐惧的阴影。20世纪90年代，在哈萨克斯坦的阿拉木图，看到平民墓地里的石碑、小园、鲜花、石凳，一副温馨可人的现世家园风貌，视之，对"死"有一种新鲜的柔软的感觉。后来，去过一些西方国家，看到过城镇边的、公路边的、儿童游乐区边的、小教堂边的墓地，除了英国西敏寺大教堂里的墓葬是景点，大都是普通墓地。这次，在智利的蓬塔—阿雷纳斯参观市政公墓，可谓茅塞顿开，突然领悟到墓地文化的丰富内涵：观念、情感、人生；建筑、艺术、追求。漫步墓园景点，有太多的信息流动、交织，足以让观者百感交集，获益良多。

走进景点大门。过道上标嵌着3个历史年代：1822—1881—200？（最后一个数字被挡住了，看不到），介绍着此墓地的历史脉络。马上要到200年了，墓地会讲述怎样的故事呢？

西方建筑雕塑艺术荟萃之地

建 筑 艺 术

布市的这个贵族公墓是国家级别的，得有世袭的贵族身份和相应的地位方可入葬。这里安葬着23位阿根廷正副总统和7000多位历代的社会精英，墓室建筑非常讲究。毫不夸张地说，这里是西方建筑艺术、雕塑艺术的荟萃之地，名副其实的建筑博物馆。观赏各地的建筑，参观各大博物馆，都没有像这里这么集中地看到各种艺术风格的展现。有巴洛克式、哥特式、罗马式、古希腊式……有现代风格、综合风格、创新风格等，看得人眼花缭乱。到这里来获取建筑艺术启蒙，是个不错的选择。

2020年3月13日 20:52
或死重于生！当然皆非平民之辈了！

2020年3月13日 10:53
伟大的旅行！真值！

一座黑色大理石墓室的墓主109岁的寿数，卒于1980年，其墓室简约的线条，方正的结构，豪华的石材，厚重的样貌，这应该是现代风格的吧。

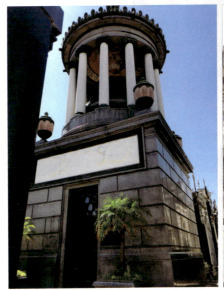

在基座上修建个圆亭是何意呢？求教于方家。细看圆亭穹顶有画，类似教堂、城堡、宫殿的穹顶。而画风像日本的浮世绘，东方风格。这座墓的建筑形态，好像能读出多种文化因素。

还有一个墓室是开放的，里面的墓穴上躺着墓主的雕像，墙上一个巨大的十字架，室顶是圆拱的彩色花式玻璃，墓室里的蓝光就是彩色玻璃透光的效果。这极像西敏寺大教堂里教主们的墓室，建在室外，颇有创意。

墓室的构造和室内布置，多种多样，形态各异。有开放的进入地穴的楼梯，墙上饰以雕刻，充满艺术气息。

还有墙穴的墓葬，没有小门的墓穴里可见小小的棺椁。它的年代比较古老，一副古旧衰败的样子。

墓室内饰，有教堂风格的，有家庭氛围的，各具特色。

雕 塑 艺 术

墓顶，墓墙，墓门，雕塑无处不在。

还有墓室、墓碑本身就是一座雕塑的，精美绝伦，寓意丰富。

一个墓室，上上下下被包围在女神之中，俨然已经进入了天堂的极乐世界。

一个站在高大敦厚的墓墙前面的墓主塑像，军装整肃、秉刀肃立，像个威严的将军，其墓墙墙裙上雕刻着轰轰烈烈的集团军战斗的宏大场面。

一个高坐在"讲坛"上、打着手势的墓主，像是"天问"式的智者。拉着他座下围布、似有不舍的女子，身穿素衣，手持族徽，旁边陪伴着一个焦虑地望着她的孩子，他们很像墓主的家人。这个造像意味深长，让人心动。

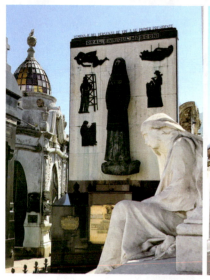

边看边想，揣摩，猜测，极有意味的观赏活动。从中读取大量的信息，揣度丰厚的蕴涵，感觉收获颇丰。但，也有看不懂的，非常想获知其中的答案。

一位思索状的白色女神雕像后面，有座独具特色的墙式墓碑。白墓墙下方是一个军人的金色浮雕头像及家族标示，而白墙中央是一个黑头巾黑衣裙的妇人，其周围像是各工种的劳动者。军人、妇人、劳动者，三者是怎样的关系，百思不得其解。回来后，借助字典翻译墓墙上的文字：YPF员工向第一任总统致敬。大概能理解墓墙浮雕的含义了。

在一个立柱式的墓碑旁边，相邻墓室背面的墓墙上一个勾画的头像令人诧异。其漫画风格，让人觉得既不是赞颂，也不像怀念。在阴影里不太醒目，进入镜头就看得很清楚了。这其中又有什么故事呢？

一个黑色大理石的墓室前面，立着白色的雕像。站立者半裸，背后有变形椭圆的图案背景墙。底下相对跪着两个全裸的男子。对称的、稳定的三角造型，给人一种异样的郑重、肃穆之感。墓门上方有一浮雕，头戴冠，身披袍，是圣母？那白色塑像的站立男子是圣子吗？雕像是古希腊风格，而结构好像有古埃及特色。

贵族墓地游人很多，有旅游团光顾。还有许多带着设备来拍照的；有按图索骥，拜祭历史人物的；有边看边研讨相关议题的。

在一个备受关注的墓室前，遇到一个台湾团的导游在带团讲解。原来这是埃维塔——前总统夫人（庇隆夫人）的墓室。埃维塔由出身贫贱的演员成为总统夫人，仅仅度过33年的短暂人生。她貌美，而且有政治业绩，其传奇人生深受民众的关注。著名的《阿根廷不要哭泣》，就是表现庇隆夫人短暂生平的音乐剧《埃维塔》中的歌曲。她的墓室大门精致豪华，金属镂花，点缀金色。门两侧挂满金属浮雕的牌子。这里的来访者络绎不绝，门前放有鲜花，表达着后人对庇隆夫人的爱戴。

2020年3月13日 13:20
到处充满了艺术。

2020年3月13日 20:44
西方一个重要的艺术领域！远远超过我见过的莫斯科的处女公墓和布拉格某公墓的艺术雕塑！不知道世界上还有没有更高超的墓地雕塑了？赵卓不虚此行！

2020年3月13日 19:53
你的描述令我们神往。

2020年3月13日 20:49
太豪华！生死等量齐观？一种什么样的观念体现呢？第一次见过，开眼界了！

布宜诺斯艾利斯街拍

离开公墓，散步街头。走过广场和街心公园，感受着布市绿荫覆盖的城市绿化。一棵树就能苦盖广场的一大片，其树冠之大、之美，令人惊讶。开满粉花的木棉树也同样粗壮庞大，格外亮丽，迷得我只顾拍照，把在库斯科买的阳帽都弄丢了，接下来不得不顶着烈日观景。

在一处街心公园，又遇大板根的巨树，其横生的枝干粗比主干，且长及四五十米，有若干人工支撑顶着，壮观，奇观！一个路人模仿雕塑支撑拍照。

走在街头，一路观赏着建筑街景。在一个广场上遇到了游行。人们先在广场集中，音乐回荡，彩旗招展，闲散好似商业聚会，走出广场时，后面有多辆警车跟随，方才明白他们是在游行。

走到商业街里的一家开放式便餐饭馆，墙上贴着食品的图片，点菜方便。我走的这几个南美国家，饭店里的菜单，大都只有文字，没有图片，点餐非常麻烦。用翻译器看半天，也不得要领。有图片就方便多了，指着图片点要即可。我坐进去，点好菜，发现里面的食客都是老头，只有我一个异性，顿时觉得气氛有点尴尬，不知这里有什么讲究。于是，对着镜子先来个自拍，放松一下，然后稳稳当当进餐，虽然这里的饭菜还是不太合口。

 壮哉，大树！ 2020年3月7日 05:57

 奇观！ 2020年3月7日 07:09

 能来到这个世界必须穷尽它，否则你的到来就没有任何意义。 2020年3月7日 06:51

 此行值了！只是太辛苦了！  2020年3月7日 21:51

245

　　今晚将乘埃塞俄比亚的飞机回国。在圣保罗经停，在亚的斯亚贝巴转机，全程30多个小时，两天之后抵达北京。又是一次漫长艰巨的航程。心里既贪恋南美干净的空气、闲适的旅游生活，又思念故土，急于了解国内亲友的生活，就这样矛盾着踏上了归程。

　　UTHGRA Las Luces 旅馆真好，允许我在电脑旁边一直待到下午2点，整理照片，吃完午饭，从容出发。

　　布市国际机场埃航的值机手续在C区，条件较简，座椅不多，一些乘客席地而坐。空旷的大厅里几乎没有戴口罩的。偶有一个走过，很显眼。在等待办理值机手续的两个多小时里，正好写游记，直到手机快没电了。

　　开始值机，一行十来个外国乘客戴着口罩，鱼贯而入，心里随之紧张起来，立刻也戴上口罩。飞机上，戴口罩的寥寥无几，机组人员也没戴口罩。我想着亲友的嘱咐，坚持不摘口罩。好在三个座位只有我一人，不用顾忌周围的眼神。

　　飞机上极困，一直昏昏沉沉地瞌睡着，连经停时的降落竟然不知。经停后，旁边多了一个魁梧高大、肚子浑圆的中年白人男子。他始终在过道上站着，直到起飞才落座。我真担心他能否坐进座位。还好，抬起扶手，他坐着两人的座位。一路上，他不太理人，点餐时口气生硬，要了两套餐。下飞机时，把飞机上的毯子和靠枕塞进自己的双肩背包里，有点怪。

　　飞机起飞时，是灯火通明的初夜。接下来的十几个小时，竟经历了日出日落的昼夜更替，挺新鲜。守着舷窗，看外面的云聚云散，霞出霞没，饶有趣味。在云的峰谷里穿行，时而遇到云峰突起，时而看到云谷深渊。穿云下降时，好似钻进云的隧道，直至破云而出。回首，看到了云洞方向灿烂的晚霞。好有意味的景观，好有不同寻常的感受！

　　下面已是亚的斯亚贝巴的市区鸟瞰视野了。

　　这是我首次飞过非洲的领空。在亚的斯亚贝巴转机，不出机场，只能在飞机上看一眼这座城市。也许以后会来这观光。在机场等候了5个多小时（转机的航班改点，提前了近1个小时），凌晨6点登上了第二段飞机。这个飞机的乘客几乎都是国人，清一色地戴着口罩，人们在谈疫情，谈回国途径，谈归国后的隔离。感觉到忧虑重重。

　　飞机上被要求全程戴口罩，人们沉默不语，处于打盹状态。我又是三个座位一人坐，把腿放在座位上，让肿得很厉害的腿脚缓解一下。没睡意，开始看电影打发时间。一部是讲小孩收养鸟的故事，一部是讲男人照顾六个企鹅的故事。因和南极的经历有关，虽然有些情节荒诞离奇，但也看得津津有味，它能唤起南极体验的美妙记忆。

　　下午3点多，飞临北京上空，从空中都能感觉到北京的宁静。昔日车水马龙的公路上，竟空荡荡的不见车影。降落后，首都机场也是空空荡荡，悄无声息。乘客默默地接受检查，提取行李，默默离去。像梦游，像默片，从未有过的一种静默漂浮的感觉。女儿女婿来接机，避免了公交车感染的可能性。还给我备了隔离期的果蔬，让我暂时无饿饭之忧。真好，有这样的子女关心，也算有福啦！回到家里，饥渴了两个月的花竟然都活着，不禁感慨：跟着我，花都坚强。

2020年3月14日 17:15
卓姐回来的刚刚好，现在国内不严重了，国外泛滥了。回来很安全了😷

2020年3月18日 10:42
回家真及时，现在回国一票难求，还要集中隔离，你可以安心自我隔离，可以慢慢整理相册，真幸福幸运。

2020年3月14日 20:59
辛苦了！隔离保证了休息！

2020年3月14日 00:20
跟着你花都坚强，哈哈！

后　　记

南美南极游获益多多，圆满结束。

居家隔离期间，按惯例整理照片和纪实文字，并暗下决心，利用抗疫赋闲这段时间，写一本图文互补的游记。

奋战了三个月，完成了这本游记的初稿。又奋战了三个月，改出四稿，终于把游记完型。孕育半年，一朝分娩，但愿她有一个鲜活的生命，就像是我心灵感受和大脑记忆鲜活的活体，有呼吸、有脉搏地呈现出旅途中美好的见闻和美妙的景色。

由于可供查阅、借鉴的资料有限，又由于语言障碍，无法利用外文的资源，游记写起来，难度非常大。特别是游玻利维亚的阿尔蒂普拉诺高原和南极，翻译软件和网络瘫痪，完全的英语语境。虽然看得兴高采烈，玩得兴致勃勃，但表述起来，却懵懵懂懂，头绪不清，查对、梳理相当困难。在这里，特别感谢南极船友 Song Qimin，给我提供了南极三岛的行程图，帮我理清了一片朦胧的旅游轨迹，使三岛的游记基本上清晰明了。

在此，还要感谢建议和鼓励我写这本游记的亲友、师长、同窗、校友等，这是游记产生的原动力，是启动这个辛苦并愉悦的工程的点火器。此外，还要感谢朋友圈里点赞、点评的亲友们，没有点赞的鼓励，没有点评的共鸣和启迪，如此漫长拉杂的纪实很难坚持始终。尤其是精彩的点评，给我惊喜，给我助力，十分宝贵。

文图并用，互补互助，评议互动，相生相长，这样的游记，对我来说，是一次全新的尝试，摸索与试探的辛劳和困惑可想而知。在此，感谢我大学母校的老系主任冯克正教授给予我写作的大力支持和细心指导；感谢我任职大学的马润津老校长给予我图片和版面布置的指导；感谢北京印刷学院的罗学科校长给予我的热情鼓励和大力帮助；特别要感谢的是老清华出身的工科教授吕乃光导师，为我的游记提供参阅资料，建言献策，给予我细致到位的指导，付出极大的心血！

谢谢大家！

感谢所有帮助这本游记付梓成册的朋友们！

愿这本众人浇灌的新苗，不负众望，鲜活健硕地成活起来！

2020 年 9 月 24 日写于家中

附 诗 二 首

我看南乔治亚岛

陈光陆

啊！南乔治亚岛
从来就没有听说过
因为离得太远，心思不可能在那里溅落

学过地理
知道南极、冰川和企鹅部落
因为和我无关，只是在闲书和电视里一走一过

当庚子年小心挨到春末
当美景图片和美文在我心中掠过
啊，赵卓！你让我们心灵震撼，精神错愕

已奔古稀需静待花开花落
已鬓染白霜需留守东篱品茶轻歌
已功成名就需尽享天伦之乐
……

然而，这些，都不是你最好的选择
你要挑战自我
让孤旅建构人生的传说

南乔治亚岛，是你旅途的终座
这里，"雪山俊美，冰川宽阔"
这里，"山野披绿，河流清澈"

这里是王企鹅生活的天堂
"峻峭如金字塔般的山峰"和沟壑
"气势如虹的冰川""变幻的云""飘逸的雾""晶莹的雪"终年结伴，相互唱和

王企鹅的"夫妻关系，堪称楷模"
"单是那相亲相伴的形影"和心灵的契合
就"令人柔柔地心动"并潸然泪落
象海豹、海狗还有其他水鸟的部落
与这片土地岁月同歌
与这片蓝天相映成座

赵卓，用她的相机和笔墨
描绘了南乔治亚岛的迷人景色
够嗨，够卓

我足不出户已阅尽了南乔治亚岛
读出了自然的壮阔
读出了人类的抉择

赵卓，你是孤胆英雄
威名，定格在历史长河
赵卓，你是同学的另类
仗剑，行走在江湖的巾帼侠客

2020 年 9 月 30 日于长春

越调·小桃红

看赵卓南极摄影

徐庆深

南极冰盖冻仙槎，
入梦人皆怕。
玉柱擎天几多匝，
女娲呀？
穷极造化偷拍下，
生灵在哪？
企鹅惊诧。
天外闯游侠。

249

南美旅游路线表

序号	日期	地点	项目	交通
D1	1.9	北京	北京—飞往布宜诺斯艾利斯	飞机
阿根廷 Argentina				
D2	1.10	布宜诺斯艾利斯 Buenos Aires	▲布宜诺斯艾利斯主教座堂 Catedral Metropolitana de Buenos Aires ▲中心区五月广场 ▲阿根廷总统府 Casa Rosada ▲科隆剧院 TEATRO COLON（标志性建筑） ▲圣马丁广场 ▲博卡区 La Boca ＊＊＊	步行
D3~4	1.11~1.12	伊瓜苏 Iguazu—布宜诺斯艾利斯	飞往伊瓜苏	飞机
			▲伊瓜苏国家公园 Iguazu National Park ＊＊＊	巴士
			飞往布宜诺斯艾利斯	转机
秘鲁 Petu				
D5~6	1.13~1.14	秘鲁	布宜诺斯飞往利马	飞机
		利马 Lim （世遗）	▲圣法兰西斯修道院地下墓穴 ▲圣马路丁广场 ▲武器广场 Plaza de Armas ▲大教堂 La Catedral	步行
D7	1.15	纳斯卡 N AZCA （世遗）	利马—纳斯卡	巴士
			▲纳斯卡荒原的线条图 Nazca Lines（世遗） 纳斯卡—马丘比丘	巴士
D8~9	1.16~17	库斯科 Cuzco（世遗）	▲圣谷一日游 ▲印加古镇 Chinchero ▲马拉斯盐田（Maras Salt Mines） ▲莫雷梯田遗址（Sitio Arqueoló gico de Moray）	跟团巴士
			▲欧雁台 Ollantaytambo 的太阳神殿。 入住热水镇 Aguas Calientes	火车
D10	1.18	马丘比丘 Machu Picchu（世遗）	▲太阳神庙 The temple of the Sun ▲华纳比丘 Huayna Picchu 入住库斯科	火车—巴士联运
D11	1.19	库斯科	▲武器广场（Plaza de Armas） ▲萨克赛瓦曼 Saqsaywaman 要塞（世遗） ▲库斯科大教堂 La Catedral	步行
D12~14	1.20~22	普诺 Puno	▲的的喀喀湖 Titicaca Lake ▲办玻利维亚的签证	巴士
玻利维亚 boliwia				
D15~16	1.23~24	拉巴斯 La Paz	前往拉巴斯	巴士
			▲圣法兰西斯科教堂 Iglesia de San Francisco ▲女巫市场 Witch market ▲拉巴斯电缆车 Mi Teleferico	
			前往乌尤尼	巴士

序号	日期	地点	项目	交通
D17~20	1.25~28	乌尤尼 Uyuni	▲"天空之境"乌尤尼盐沼 Salar de Uyuni ▲跟团（3天2晚高原游） ▲仙人掌岛 Isla del Pescado ▲火车墓地 Cementerio de trenes ▲科罗拉达湖·红湖 Lake Colorada–Bolivia	越野小车
智利 Chile				
D21~22	1.28~30	阿塔卡马沙漠 The Atacama desert	入住圣佩德罗德阿塔卡马小镇 ▲月亮谷 Valle de La Luna ▲死亡谷 Valle de La Muerte ▲阿塔卡马盐湖 Salar de Atacama（Laguna Chaxa） ▲间歇泉 Geyser del Tatio ▲彩虹谷 Valle del Arcoiris	跟团小巴士
D23~25	1.30~31	圣地亚哥 San Diego	飞往圣地亚哥 ▲圣克里斯托瓦尔山—圣母山 Cerro San Cristóbal ▲瓦尔帕莱索 Valparaíso	飞机
D25	2.2	蓬塔	入住蓬塔阿雷纳斯	飞机
D26	2.3	纳塔莱斯	入住纳塔莱斯	巴士
D27~28	2.4~5	百内国家公园 Torres del Paine National Park	▲百内三塔 ▲裴欧埃湖＊＊＊ ▲大瀑布观景台（Mirador Salto Grande） ▲格雷冰川 Glaclar Grey＊＊＊ 入住纳塔莱斯	跟团小巴士
阿根廷 Argentina				
D29~31	2.6~8	埃尔卡拉法特 El Calafate	前往埃尔卡拉法特 ▲冰川国家公园 Los Glaciares National Park（世遗） ▲莫雷诺冰川（Moreno）＊＊＊ ▲阿根廷湖（Lago Argentino）	巴士
D32~33	2.9~10	乌斯怀亚 Ushuaia	飞抵乌斯怀亚	飞机
南极之旅 Antarctica				
D34~35	2.11~12	乌斯怀亚	▲报到集合 ▲火地岛国家公园 Tierra del Fuego National Park＊＊＊ ▲世界尽头博物馆 End of the World Museum ▲登 G Adventures 船	乘船
D36~39	2.13~16	福克兰群岛	▲桑德斯岛—西点岛—斯坦利—基德尼岛—南乔治亚岛	乘船
D40~45	2.17~22	南乔治亚岛	▲索尔兹伯里平原—普赖恩岛—佛图纳湾—斯特罗姆内斯—古利德维肯—圣·安德鲁斯湾—黄金海岸—库泊湾—德瑞伽尔基峡湾	乘船
D46~52	2.23~3.2	南极半岛	▲吉布斯岛—野生点—布朗断崖—古尔丹岛—西尔瓦湾—入口点—拉克罗港—天堂湾—尼克港—德雷克海峡—乌斯怀亚 飞往布宜诺斯艾利斯	乘船
D53~55	3.3~4	布宜诺斯艾利斯	入住布宜诺斯艾利斯	步行
D56~58	3.5~7	北京	归来	飞机